龍雲
作品

龍雲
作品

龍雲 著
啻異 繪
黃泉委託人
血戰場

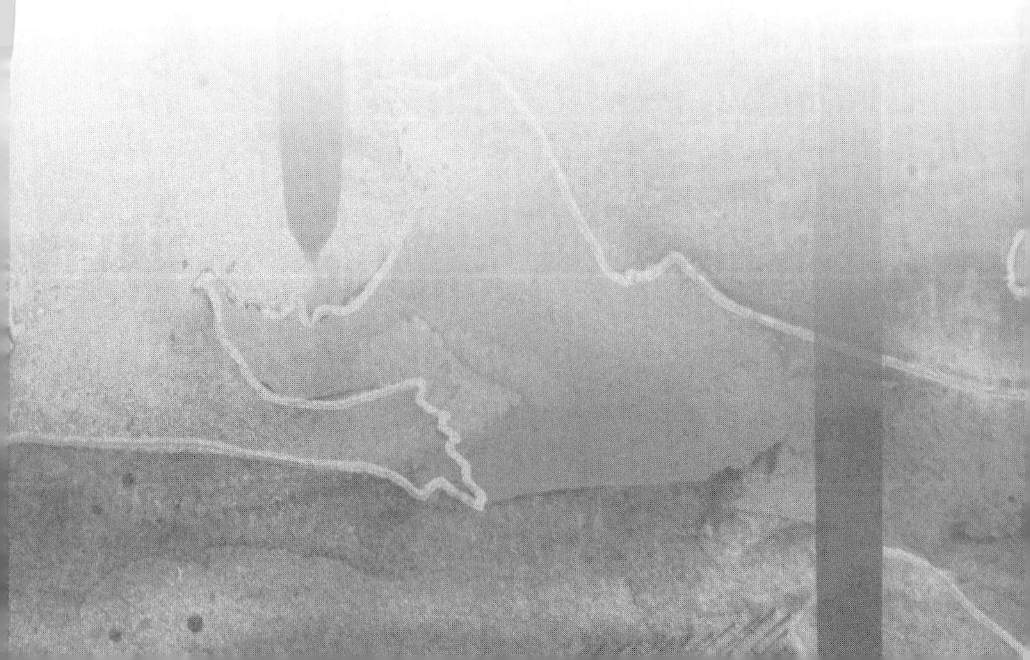

血戰場

人物簡介

謝任凡

二十九歲，身高一百七十幾公分，一名看似平凡的男子，在黃泉界卻有一個響噹噹的名號——「黃泉委託人」。在陰年陰月陰日陰時陰分出生的極陰之子，擁有強大的靈力與陰陽眼，藉著自己的能力，替鬼辦事收取酬勞為生。擁有兩個鬼老婆，並能與鬼稱兄道弟，卻不擅長與人交往。

小憐、小碧

兩人原為黑靈，現年約四十五歲，外表則維持在死時十八歲的青春美貌。在任凡的感化下，化解了兩人的怨氣，並一起成為任凡的妻子。兩人互認為異姓姊妹，比較成熟嫻淑的小碧是為姊姊，而比較俏皮可愛的小憐則為妹妹。

撚婆

年約七十，個子嬌小而法力高強的法師。為了學習法術，選擇了孤老終生作為代價，是孟婆在人間十三個乾女兒中唯一仍在世的。獨自撫養任凡長大，是任凡在人世間最為親近的乾媽。個性直來直往，退休後獨自一人住在山區，過著簡樸的生活。

孟婆

撚婆的乾媽，任凡的乾奶奶，也是眾所皆知的遺忘之神，常駐於地獄的奈何橋邊。沾一滴孟婆所熬煮的孟婆湯，便能遺忘過去所有的記憶，方可投胎轉生。然而喝多了孟婆湯，則在重生後也無法記住事情，變成俗話中的白痴。

葉聿中

職業鬼差，穿著與黑白無常類似的服裝，人模人樣的外表下，卻有著讓人一看就知道不是人類的恐怖表情。與任凡是舊識兼死黨，平時看似個遊手好閒的賭徒，必要時卻是個值得信任，經驗老到的鬼差。

易木添

三十七歲，身形單薄，眼神卻透露出氣魄的法師。自小被廟公收養，聽遍天師黃鳳嬌（撚婆）的鬥法故事，以成為像天師一樣的高人為目標。自稱是任凡的宿敵，也視任凡為自己的唯一宿敵。

白方正

三十一歲，擁有將近兩百公分，及近百公斤的高大壯碩身材，與外型相反的，生性十分怕鬼。操守中正，個性中規中矩，正義感十足。在與任凡結識後，意外的透過鬼和任凡破了許多棘手的案件，因而搖身變成警界最炙手可熱的超級救世主。

爐婆

撚婆的師妹，五十幾歲的年紀卻很時尚，三不五時還會烙英文。法力不凡，卻因為曾經說實話得罪過人，自此之後抱著遊戲人間的心情。也因為某件事情被逐出師門，由於撚婆挺身相助，對撚婆充滿敬意。在任凡的一次委託中，成為了方正的乾媽、旬婆的乾女兒。

旬婆

數萬年前，在地獄與孟婆相爭失利，因而不被世人熟知。常駐於與奈何橋相對的奈洛橋邊，並研發出能破解孟婆湯的旬婆湯，喝下肚便能讓人記憶起前世因緣。與任凡交換條件，達成協議後，方正被迫成為她在人間界的乾孫子。

借婆

陰間的大人物，與孟婆、旬婆並稱黃泉三婆。手持有顆八卦球當杖頭的八卦杖是她的註冊商標。相傳每兩個鬼魂中，就有一個欠債於借婆。是黃泉界的大債主，也是唯一可以插手因果的人物。與任凡因緣匪淺，在任凡不在的這段時間，擅自住進任凡的根據地。

張樹清

生前為方正在警界的大前輩，是名高階警官，死後則變成菜鳥鬼差。現年約五十歲，容貌則維持在死時四十五歲的模樣，除了穿著鬼差的制服，在其他地方看起來不過像是個膽怯老實的中年男子。與自己在世時眾多同居人之一的芬芳冥婚，過著分隔陰陽兩地的幸福生活，並努力學習當個稱職的鬼差。

溫佳萱

二十九歲，才貌兼具，年輕有為的女法醫。從小就擁有陰陽眼，在突破恐懼後比一般人更堅強，更有勇氣，也以自己的職業為天命。揭穿方正破案的手法後，成為其搭檔似的存在。

伊陸發

黃泉界陰氣最弱的鬼魂之一，不管身為人還是鬼都一樣坎坷平凡，為了扭轉自己的命勢，決心在此生輪迴中，幹出驚天動地的大事，讓自己的人生可以掀起些許波瀾，不再平凡。

石婇楓

方正特別行動小組第一組組長。擁有邪性的美，可以讓沒有陰陽眼的人意亂情迷。也因為這樣的美，為她的人生帶來許多的困擾，所以在一般時候總是將自己包得密不透風。做事認真，個性內向，也因為長相之故，常常招致同性厭惡。

嚴紓琳

方正特別行動小組第二組組長。對於任何案件，有超乎常人的執著，因此在警界被人稱為「背後琳」，是方正特別行動小組中，最具代表性的人物。在飛頭鬼火案中，差點喪失性命，但也因此結識了現在的交往對象——黃松造。

鄭棠火

方正特別行動小組第三組組長。因為曾經被母親施法的緣故，身體的陽氣沒有辦法阻止鬼魂的入侵，導致有許多鬼魂居住在他的體內。在一般人的眼中，他就像是有多重人格的頭痛人物，但是受到了方正的信任，因此就任為第三特別行動小組組長，與阿山從警校就是摯友，感情非常要好，只有阿山，才能分辨這些居住在他體內的靈體。

莊健山

方正特別行動小組第四組組長。有陰陽眼，從小成長在充滿迷信的家庭。有點吊兒郎當的個性，卻又有一堆奇怪的推論，常常讓方正與佳萱不知道該怎麼跟他溝通。與其他人不同，有屬於自己的一套邏輯。

楔子・不速之客

一顆頭顱宛如流星般，劃破天際，重重地從天空墜落到地面。

頭顱才剛著地，就有一群孩童朝頭顱墜落的地點衝過去。

「我踢得比較高！」其中一個孩童嚷嚷著。

「哪有！」另外一個孩童一臉氣沖沖地說：「明明就是我踢得比較高！」

這群孩童圍著頭顱，爭吵著剛剛到底是誰踢得比較高。

而地上，那顆頭顱轉到正面來，一張老人家的臉孔，無奈地眨著眼望向天空。

在這片天空底下，有個從白天到黑夜永不歇業的萬年戲班，雖然演出的戲碼不免經常重複，但總有怎麼看都看不膩的觀眾。

戲棚下的熱鬧程度更勝台上，不僅有不斷出現的新人來與這裡的棋聖挑戰棋藝，還有在一旁叫囂，賭著誰勝誰負的賭徒。

而在離戲棚稍微遠一點的地方，則有頭破血流跟斷了手腳的情侶在約會，以及幾個成天吹噓自己過去事蹟，一起高談闊論的「菁英分子」。

除此之外，也有一些習慣勞碌的大嬸幫忙清理場地環境，才能讓比菜市場更熱鬧更有朝氣的這個地方，不至於髒亂不堪。

雖然是豔陽高照的大白天，但由於這裡的陰氣實在太重，才能讓他們毫無顧忌地在陽光底下盡情遊樂，自在地生活下去。

在孩童們玩耍地點的後面，有一大片跟人等高的雜草，而就在這片雜草裡，有兩棟建築物突兀地高聳其中。

這兩棟廢棄的建築宛如孿生兄弟般，矗立在這片建築廢棄地上。

在人世間，這裡只是塊荒廢的建築工地，但在黃泉界，這裡卻是最有名的地標。

所有黃泉界的鬼魂都知道，這裡曾經住著黃泉委託人謝任凡，只要你付得起報酬，他就會幫你完成任何你想要完成的委託。

由於這片土地非常陰，所以有許多鬼魂盤踞於其上，成為了這片荒廢土地上共同的居民。

原本住在這裡的任凡，為了找尋自己生母的靈魂前往歐洲，在任凡離開後，取而代之在這裡住下來的，卻是一位黃泉界的大人物。

那位大人物，正是黃泉三婆之一的借婆。

相傳每兩個鬼魂中，就有一個跟借婆借過東西。

也因為如此，借婆在黃泉界擁有呼風喚雨、舉足輕重的地位，自然也是所有鬼魂懼怕的對象。

當借婆降臨在這裡時，這些盤踞其上的鬼魂就會逃到附近的公墓避難。

而像今天這樣，借婆不在的日子，鬼魂就會再回到這裡，繼續他們遊蕩人間的日子。

畢竟這裡是他們最舒服的家，公墓對他們而言，不過就像是旅館。

這群好不容易回到家的孩童，照往常那般摘下黃伯的頭之後，又開始在庭院中踢頭嬉戲。

就在這群孩童喋喋不休爭論著誰踢得比較高時，一個不速之客出現在廢棄建築的入口處。

他仰望著這一幕應該會讓所有看得到鬼的人，嚇到屁滾尿流的景象。

他由左而右掃視過去，除了那些在中庭雜草前嬉鬧的孩童之外，廢棄建築物幾乎就像是個古老的眷村，四處都聚集了一堆鬼魂。

所有鬼魂這時也因為這個突然出現的男子，停下了手邊的事，打量起眼前這名男子。

從男子的視線可以透露出，他能夠見到這群滯留在這片荒地的鬼魂。

地上那群孩童這時也停下爭論，其中一個帶頭的小孩，見到男子似乎來者不善，立刻撿起地上的頭顱，朝二樓踢了過去。

二樓，一個無頭鬼魂順勢接住飛過來的頭顱，往頭上一按，頭顱就這樣接在那鬼魂的脖子上。

男子雙眼緊緊盯著這一幕詭異的傳頭景象，覺得有趣似的笑了一下，但是二樓剛將頭顱裝回去的黃伯卻一點也笑不出來。

如果一個人看得見鬼，見到了此景，卻沒有半點畏懼的神情，這人肯定有兩把刷子。在任凡不在的這段時間，黃伯彷彿村長般，這裡所有的鬼魂都聽他號令。

眼看這擁有陰陽眼，卻仍然大剌剌踏進這片荒地的男子，讓所有鬼魂騷動了起來。他們紛紛看向黃伯，等待著黃伯發號施令。

黃伯正盤算、觀察著男子，希望可以看出男子此行的目的。

這時，男人身後出現了另外兩名男子，他們正準備搬東西進來。

黃伯一看兩人搬運的東西，不禁變臉。

那東西像是一面大鏡子，但絕對不是一般的鏡子，而是印有八卦圖的山海八卦鏡。負責搬運的兩人似乎看不到鬼魂，毫不知情似的踏入這片荒地。

只見兩人將鏡子搬到男子身後，男子伸出手讓兩人停下。

男子將手放在鏡面上，向下一壓讓鏡子角度上仰。

陽光照射下的八卦鏡，反射出耀眼的光芒，彷彿一道光束武器般，直直射向右邊那棟廢棄大樓的二樓，也正是黃伯所在的地方。

這一下來得突然，幸好黃伯早預料到來者不善，在光線照過來前，趕緊向內縮逃開。然而可不是每隻鬼都像黃伯那樣經驗老到，在男子調整鏡面時，被反射出的光線掃到的鬼魂，無不魂飛魄散、灰飛煙滅。

眼看男子不但不怕鬼魂，還有備而來，黃伯立刻要大家逃往公墓。借婆借住在這裡的這段期間內，這裡的鬼魂什麼都沒學會，快速撤退的功夫倒是長進不少。

轉眼間，所有原本滯留於這片土地上的鬼魂全部消失無蹤，只剩下兩棟荒廢的大樓，矗立在這片雜草叢生的土地上。

男子想不到一面八卦鏡就可以把這群鬼魂趕光，得意地哼了一聲。

「鏡子要放哪裡？」負責搬運鏡子的其中一個男子問道。

「先放在四個角落。」男子指了指東北方的角落說。

兩人遵照著男子的指示，將鏡子搬到東北方的角落後，又到外面搬了另外三面同樣的鏡子進來。

男子趁著兩人搬運鏡子的這段時間，四處逛了一下。

由於任凡已經不在這邊，所以那連接著兩棟大樓的紅地毯此時收著，因此男子並不知道其中一棟大樓裡，因缺了樓梯而無法往上走的頂樓，別有洞天。

男子繞了繞大樓，滿意地走下來，這時兩個工人已經將鏡子都放在指定的位置上，朝男子迎上來。

「老闆，」工人向男子報告：「鏡子已經擺在位置上了。」

「嗯。」男子點了點頭。

「不過，鏡子擺在這裡沒事嗎？」工人看著四周說：「地主不會有意見嗎？」

「我查過了，」男子笑著說：「這裡的地主好像是一個還不到三十歲，叫謝任凡的小伙子，我想應該又是那種繼承家產的紈褲子弟吧，不然才不會讓這塊地荒廢在這裡。」

兩個工人聽到男子這麼說，認同地點著頭。

男子說到這裡，心想著這大概就是所謂的傻人有傻福吧，畢竟這塊地如此陰，不要說蓋成一棟大樓，光是動工恐怕都會多災多難。

或許，這就是這棟大樓一直荒廢在此的原因吧。

「總之，現在他沒有現身，我們也不需要考慮那麼多了。」男子不再多想，一臉傲氣地說：「如果到時候他要出來囉嗦，不過就一個小伙子而已，還擔心沒辦法對付嗎？好了，你們趕快把其他東西都搬進來吧。」

兩個工人聽到男子這麼說，點了點頭後，轉身走出這片荒地。

男子凝視著眼前這片雜草叢生的荒地，腦海裡面開始模擬接下來會在這片荒地上演的好戲。

果然不愧為全台北市，不，說不定是全台灣陰氣最重的地方。

男人嘴角勾勒出一抹邪惡的微笑。

雖然現在仍舊是一片廢墟，但是男子相信，過一段時間之後，這裡會是一個血戰場，同時，也會是那幾個人喪命的地方。

第 1 章・呂后事件

1

爐婆緩緩地打開門。

從來都不知道連開個門都可以有那麼大的壓力。

她慢慢地探出頭，上下看了一下樓梯間，確定沒有「那個人的身影」之後，大大地鬆了一口氣。

爐婆躡手躡腳地走出門外，轉頭正想要鎖門，這時樓梯間突然傳來一個男子的嘆息聲。

「唉——」

爐婆一聽到這個熟悉的嘆息聲，臉色驟變。

猛一回頭，果然看到方正垂頭喪氣地走了上來。

「阿娘喂。」爐婆哭喪著臉說：「你嘛幫幫忙，賣勾來啊。」

方正攤開手，萬般無奈地說：「乾媽，我也是逼不得已的啊。」

「你自己看看，」爐婆指著掛在自己門上，寫著「歇業中」的牌子說：「為了你，我這個月都不做生意了。」

方正皺著眉頭不解地問道：「為什麼？」

「你一週來兩次，光是做你的生意我就快沒命了。」爐婆厭惡地說：「你不要忘記，我曾經發過『貧』誓，如果賺太多錢，是會沒命的。」

聽到爐婆這麼說，方正搔著頭尷尬地說：「那乾媽妳……可以不要收我錢啊。」

「那我不是被毒誓害死，」爐婆白了方正一眼說：「而是活生生氣死，叫我做這種虧本的生意，你不如把我殺了。」

爐婆這一派的法術，在得到法力之前，必須在祖師爺面前立誓，從「孤、貧、絕」三條路中選擇一條，當作換取法術的代價。

爐婆當年選擇的是「貧」這條路，所以如果錢賺得太多，超過生活所需，就會有破戒的可能。

一旦破戒，輕則法力全失，多年道行付諸流水，重則連命都會丟了。

這些方正當然非常清楚，可是如果有頭髮，誰會想當禿頭咧？

如果不是生命受到強大的威脅，以現在方正特別行動小組的狀況，方正又怎麼可能有空一星期來爐婆這邊兩次呢？

看到方正低著頭，不發一語，爐婆白著眼搖搖頭，眼看方正堵在樓梯口，自己偷溜出去的計畫失敗了，只好逕自入屋。

方正見狀跟了進去。

爐婆走到客廳，坐了下來，方正不敢坐，只能隔著爐婆的木桌，像個準備被老師責備的學生般，杵在那裡。

「我那時候是怎麼跟你說的？」爐婆一臉不悅地說：「爐婆在說，你有沒有在聽？有沒有聽？」

方正無奈地緩緩搖了搖頭。

「我有沒有說那個女鬼不是你能對付的？」爐婆宛如電視上那些股市名嘴上身般質問著方正：「有沒有說？」

而方正此刻也只能像那些股海災民，不但賠了一屁股，還要被股市名嘴罵的可憐蟲，無奈地點著頭。

「有一句台灣話你是沒聽過嗎？」爐婆挑起眉說：「我翻譯成國語給你聽，『沒有那個屁股，就不要跟人家吃那個瀉藥！』」

「乾媽，」方正哭喪著臉說：「妳要對我有信心，我絕對不是逞強，開什麼玩笑，不用妳告誡，我看到鬼的第一件事情就是逃得遠遠的，但這次的事情真的不是我自找的。」

爐婆聽了，一臉「干我屁事」的表情，手盤在胸前冷冷地看著方正。

很明顯地，在經過了這一切之後，方正的哀兵政策對爐婆起不了半點作用。

「大不了，」方正無奈地說：「用記帳的嘍，慢慢付這樣就不算破戒了吧？」

聽到方正這麼說，爐婆板著的臉才鬆下來，得意地笑著說：「要算利息喔！」

2

——噠、噠、噠、噠。

——噠、噠、噠、噠。

方正用右手手指清脆地敲擊著桌子，發出快節奏聲響。

方正凝視著爐婆，只是此刻爐婆的身體已經被一個請上來的鬼魂佔據了。

「我現在都不知道該怎麼稱呼你了，」方正面色凝重地說：「我該跟過去一樣叫你張大哥，還是呂大哥？」

原本一直低著頭的爐婆，聽到方正這麼說，抬起頭來不解地問：「為什麼要叫我呂大哥？」

「你自己跟呂后嗆聲的啊！」方正攤開手說：「說什麼不抓到妳就跟妳姓，現在咧？呂后人咧？」

方正找爐婆請上來的鬼魂不是別人，正是生前為方正上司，死後成為鬼差的張樹清。

只見張樹清上身的爐婆張著嘴，想要說些什麼，但在看見方正冰冷的眼神後，到嘴邊的話又吞了回去。

「該付你的錢，我有欠過半分嗎？」方正不悅地說：「你要我記得幫你照顧芬芳，逢年過節的禮品，我有少送嗎？」

張樹清低著頭，緩緩地搖了搖頭。

「那你現在告訴我，呂后人咧？」

「正在找、正在找……」

此刻的張樹清，身分地位好似與方正完全對調過來。

不論是生前或死後，不管是當長官還是當鬼差，都應該只有對方正這個下屬、人類訓話的份，然而現在卻像個做錯事的學生般，被老師質問教訓。

「都已經一個月了！還在找？」方正極為不爽，白眼瞪著張樹清說：「你媽的，嗆名號不嗆自己的，把我名字職業什麼的都直接告訴呂后，你乾脆連我家住址跟身分證字號都報給她好了。」

「不是啊，」張樹清苦著臉說：「你的名聲比較響亮嘛，嗆聲這種事情，不就是這麼一回事嗎？我只是一個小鬼差，我怕說出來她不夠害怕。」

「她是呂后耶！」方正誇張地瞪大雙眼說：「中國歷史上第一個被記載的皇后和皇太后，幫助自己的丈夫劉邦打天下、殺功臣，將自己的政敵手腳剁斷，挖去雙眼，還把她弄得又聾又啞，丟到廁所裡面的呂后耶！」

「哇，想不到你對歷史還挺熟悉的。」張樹清點著頭說。

「熟悉你個頭，這些是我特別去查的！」方正咬牙切齒地說：「在我被她追殺之前，我根本不知道她是誰。不查還好，一查之下真的發現你是在跟我裝肖維。你自己說，這種對象是你可以嗆聲的嗎？你認為這種人會被你唬住嗎？」

「總是要試試看嘛。」張樹清聳了聳肩說。

「你要試，不會拿自己的命來試嗎？」方正攤著手說：「現在好啦！你看她誰都不恨，就恨我！弄得整起事件好像是我設計，就是要跟她作對似的！」

張樹清被方正說得低下頭。

「你有沒有聽過風中殘燭這個成語？」方正一臉快要哭出來的表情說：「我的性命現在就好像風中殘燭，連覺都睡不好！你到底要我等多久？」

「我已經盡全力在找了。」張樹清哭喪著臉說：「再說我也接受了你的請求，請鬼差在療養院輪班埋伏，保護你的手下阿火，能做的我都做了，別那麼生氣嘛。」

當時呂后在逃走之前，曾經點名要兩個人知道得罪她的下場，其中一個是方正，另外一個就是多次差點殺死呂后，害呂后轉生失敗的阿火。

在呂后的事件之後，阿火因為規定，必須回到療養院觀察。而一開始就與呂后針鋒相對，多次差點殺掉呂后的阿火，也是大家所認定最有可能被呂后尋仇的目標，所以當方正得知張樹清所率領的鬼差大隊沒能成功將呂后抓回地獄，立刻要求張樹清保護阿火的安危。

但是同樣身為目標的方正，卻不太可能申請一個鬼差當保鑣，日夜伴隨在身旁。

「你如果沒辦法，功力不夠高，」方正苦著臉說：「沒關係，你難道就不能找你的上司，那個很厲害的鬼差來幫你嗎？」

「當然不可能！」張樹清板著臉說：「葉大哥早就已經不出外勤了，他可是我們鬼差界的傳奇，區區一個呂后，怎麼可能勞動他老人家。」

方正白了張樹清一眼，啐道：「偏偏他帶出來的徒弟，就連區區一個呂后也抓不到。」

「損我對目前的情況也沒有幫助啊。」張樹清語重心長地說：「跟你說吧，的確，請我的恩師兼上司出馬，小小一個呂后肯定手到擒來，但是綜觀陰陽兩界，能夠請得動我師父他老人家的，除了閻羅王之外，就只有一個人了。碰巧那個人你也認識，而且還很熟，應該不用我多說吧？」

方正臭著臉，挑眉問道：「任凡？」

「正是，」張樹清用力地點了點頭說：「不然這樣吧，只要你能找到任凡出面，應該就可以請我師父出馬了，就這麼說定了！你盡快找到任凡然後再跟我說吧！」

沒給方正多嘴的餘地，只見張樹清話一說完，頭一點立刻離開爐婆的身上。

方正張大嘴，伸出手想要阻止，但為時已晚。

「廢話！」方正恨恨地說：「找得到任凡，我還需要來找你嗎！」

知道張樹清已經溜了，方正不甘不願地手盤著胸，等著爐婆醒來。

3

爐婆恢復意識之後，扭了扭脖子。

「如何？」爐婆問：「有結果了嗎？」

方正抓著頭髮，雙肘頹喪地撐在桌子上，緩緩地搖了搖頭。

「我就說嘛，」爐婆挑眉說道：「以你那朋友死要錢的個性，如果抓到了，還不派人來通知你？你這樣每個禮拜催兩次會比較好嗎？」

「話不是這樣說，」方正皺著眉頭說：「那個鬼差是我生前的上司，再怎麼說也是當了一輩子的警察。警方大概就是這麼回事，你不多施點壓力，有時候就是會怠慢。」

「你自己不就是警察嗎？」爐婆白了方正一眼。

「所以我知道，這樣的壓力很有效啊！」

「我實在搞不懂你，」爐婆說：「如果你真的怕成這樣，為什麼不乾脆搬進療養院，跟你那個手下待在一起，這樣你就不需要一直提心吊膽啦，不是嗎？」

「如果真的那麼簡單就好了，」方正頹喪地說：「首先，那裡是療養院，不是想進去就能進去的。再說，我現在少了兩個小組，所有人都忙到不可開交，我身為整組的負責人，自己跑去躲在醫院裡面，太不像話了吧？」

「你知道就好。」

一個熟悉的聲音從身後傳來，方正回頭就看到佳萱站在門口，臉上帶著責備的神情。

「你這樣每隔幾天就跑來找爐婆，」佳萱苦笑著說：「要不要乾脆在這附近租個房子，把總部搬過來？」

「如果這小子真的這樣做，」爐婆搖搖頭說：「那我就學我師姊，搬到山上去隱居。」

「夠了吧？」方正無奈地說：「妳們兩個不要這樣一搭一唱的糗我啦！我現在已經很苦了，感覺心裡很不安，隨時都會有生命危險，就好像……」

「風中殘燭一樣，」爐婆與佳萱異口同聲地說：「知道啦。」

自從被呂后盯上之後，佳萱與爐婆已經不知道聽方正這樣形容自己的生命幾次了，所以兩人一聽到方正這麼說，自然異口同聲說道，說完還一起白了方正一眼。

「好啦，」佳萱拍了拍方正的肩膀說：「該回去開會了。」

方正不甘不願地點了點頭，站起身來。

「記得啊！」爐婆提醒方正：「這筆帳我記在下個月的帳單裡喔。」

方正頭也不回，只揮了揮手，示意自己知道了，與佳萱一起離開了爐婆的住處。

4

晴朗的青空下，幾個身穿病患服裝的病人，悠閒懶散地踏在綠油油的草地上。

雖然氣氛如此輕鬆和諧，但在草地外那堵高牆，與糾纏在其上的通電鐵絲網，彷彿是把破壞這幅和諧畫面的利刃，讓這悠閒的氣氛徒增一股不安的氣息。

這裡是全台灣戒備最森嚴的治療中心，裡面治療的都是精神方面的重度病患。

阿火在加入方正特別行動小組之後，為了他自身以及其他人的安全，方正與醫生商量後，訂下了一則協議，就是當阿火有了靈體騷動的現象，就必須回到這裡治療與觀察。

在呂后事件中，阿火體內的靈體騷動現象達到了巔峰，並且多次造成阿火的失控。所以當呂后事件告一段落之後，方正不得不讓阿火再次回到醫院，接受觀察與治療。

然而，雖然呂后的事件讓阿火體內的靈體數度暴動，但是事件過去之後，阿火似乎對體內的靈體更有控制力了。

這次回到醫院，醫師們對於阿火的變化感到驚訝，阿火不但可以完全壓抑住體內的靈體，更能視自身的需求，讓不同的靈體來控制自己的肉體。

即便如此，阿火仍需要接受一段時間的觀察。

不同於以往的是，此刻狀態極佳的阿火，不用再像過去一樣，穿著拘束衣被關在獨居病房，而是與其他狀況比較穩定的病人一樣，可以享受這悠閒的時光。

阿火看著一望無際的天空良久，才重新低頭看著自己的牌。

「你怎麼不出牌呢？」阿火皺著眉頭說。

「嗯？」坐在阿火對面的阿山一臉疑惑地說：「怎麼我們現在是玩大老二嗎？我以為我們是玩十三支。」

兩人面對面坐在一張木製長凳的兩端，玩著撲克牌。

在過去阿火住院期間，阿山就常常來探望阿火，只是這次不同的是，阿山此刻身上穿著與阿火同樣的病患專用衣，而且衣服下還綁著一層層的繃帶。

在上次的任務之中，除了阿火之外，阿山也同樣身受重傷，還一度命危，住在加護病房一個禮拜才脫離險境。

而阿火則因為靈體騷動，又再度回到了療養院。

除了靈體騷動需要休養平復，手臂上的傷勢倒是康復得差不多了，雖然是精神療養院，但由於精神病患容易做出自殘或傷人的舉動，因此這裡也少不了專業的外科醫師，讓阿火即使在這裡也能治療養傷。

阿火與阿山兩人原本分別在不同的醫院接受治療，想不到今天當阿火來到療養院的庭院時，就看到了身穿病患服的阿山。

「反正都是住院，住哪裡還不是都一樣，既然如此，有什麼比跟自己的好兄弟一起住院更美好的？」

阿山這麼告訴阿火。

問題在於這是間專收重度病患的療養院，一般人根本無法進來。

阿山肯定需要裝瘋賣傻才能進來，至於他怎麼裝瘋的，阿火一點也不想知道。

就這樣，這對難兄難弟在療養院重逢，並且在這個悠閒的下午時光，一起坐在草坪旁的木凳上面玩牌。

「一對七，」阿火丟出一對七說：「其實要進來沒有很困難，真正困難的是出去。」

「九一對，喔？」阿山皺著眉頭說：「這話怎麼說？」

這倒出乎阿山的想像，阿山原本一直想的只有如何進來，想不到真正困難的卻是如何出去。

「喏，」阿火比了比阿山的手說：「你有看到你手上的那個病患手環嗎？」

「有。」阿山舉起自己的右手，看著上面纏繞著的紅色病患手環說：「還好這禮拜我不忌紅，下次忌紅就要跟醫院說換個顏色。」

「在這裡，你可以看到每個病患手上的手環都有顏色。」阿火舉起自己的藍色手環說：「其實這代表了每個病患的病情。病情相對其他患者來說，比較輕的是白色，其次是黃色，接著是綠色。像你這種紅色，是這裡病情最嚴重的，嚴重到只要你有一點不謹慎的行為，甚至是說話聲音或情緒激動一點點，就會立刻被穿上拘束衣，然後丟到獨居病房去鎖起來。」

「啊？」阿山張大了嘴。

「而且，只要是紅色病情的病患，不是病情好轉就能出院，而是需要主治醫師開會，加上院長的同意才能出院。」阿火面無表情地說：「目前就我所知，我還沒見過紅色的患者出院過。」

「啊？」阿山的臉色慘白，指著阿火的手說：「那你呢？你手上的藍色呢？」

「喔，這個啊？」阿火看著自己手上的藍色手環說：「這個是特殊病患的顏色，意思就是我們出院主要是看長官，而不是醫師，以我而言，只要大隊長點頭，我就可以出院了。」

聽到阿火這麼說，阿山整張臉都綠了。

「那、那我怎麼辦？」

「你進來這邊的事情，大隊長知道嗎？」

「當然不知道，」阿山苦著臉說：「我是裝瘋賣傻才進來的，被大隊長知道，不罵死我才怪。」

阿火無言地點了點頭，重重地嘆了口氣，真不知道好端端的一個正常人，究竟要裝瘋裝到什麼地步才有辦法拿到紅色手環，只能說或許阿山很有當瘋子的潛力。

「你不要光搖頭啊！」阿山哭喪著臉說：「這該怎麼辦啊！」

阿火沉吟了一會，淡淡地說：「我會來探病的。」

「不要！」阿山痛苦地抓著頭說：「我要離開這裡！」

阿山的大叫，引來了許多的側目。

「別那麼激動。」阿火壓低聲音說：「記住，你一定要冷靜。冷靜在這裡很重要。小心被關進獨居房，在獨居房那種地方，正常人都有可能被關出毛病來，所以你千萬要冷靜。」

聽到阿火這麼說，阿山趕緊用手摀住嘴。

天空是如此晴朗，氣氛是如此悠閒，但是阿山的心中，卻有如狂風暴雨，久久不能平息。

5

呂后事件。

一個讓方正特別行動小組幾近毀滅的事件。

原本只是一樁辦公室喋血案，想不到最後竟然演變成陰陽兩界合力追捕逃犯的案件。與呂后正面衝突的方正特別行動小組首當其衝，在毫無預警的情況下，不但讓阿火與阿山的這兩個小隊身陷危機，連阿火與阿山都分別身受重傷。

雖然在百名鬼差大隊的協助之下，呂后最後無法維持生人的狀態，重返人間，危機也算暫時解除，但呂后最後仍然逃過了鬼差的追捕。

呂后，這個在中國歷史上第一個被記錄下來的皇后和皇太后，不可能放過差點就讓她魂飛魄散的方正與阿火，一場大戰在所難免。

這正是方正每個禮拜兩次拜訪爐婆，想多催催張樹清的原因。

畢竟再怎麼說，方正特別行動小組終究是警界的組織，並不是道士法師的團體，沒辦法對付如此兇狠的對手。

光是在呂后還沒有完成轉生，力量還沒有如此龐大之前，就已經受到如此的重創，方正實在不敢想像當呂后準備好，正式向方正特別行動小組發動攻擊時，會製造出多麼恐怖的傷亡。

但除了催促張樹清之外，方正也沒有任何辦法可以避免這一切發生。

現在唯一可以做的，恐怕就只有祈禱了。

祈禱在呂后發動攻擊之前，就已經先被鬼差擒獲。

然而，事件發生後已經過了一個月，呂后就好像消失般，不管陰陽兩界，都沒有半點她的消息。

為了保護身在療養院的阿火安全，方正將張樹清派上來輪班的鬼差，放到阿火的身邊，作為埋伏並保護阿火的安全。

沒有貼身保鑣的方正，在外面一邊得要執行任務，應付那些如潮水般湧來的支援請求以及鬼魂們的委託，一邊還必須隨時小心呂后的攻擊。

只是，此刻就連方正也沒有想到，率先針對方正特別行動小組發動攻擊的，是另外一個恐怖的恨意。

第2章・第一小隊

1

自從副局長宣布方正特別行動小組將派遣第一小隊前來支援後，所有警員立刻取消休假，回到分局守候。

所有人不約而同用望穿秋水的眼神，死盯著分局大門。

大夥所期待的，不是別人，正是方正特別行動小組第一小隊的隊長——楓。

在所有人紛紛轉向大門時，一個男子卻低著頭，坐在自己的辦公桌前。

他的眼神十分冰冷，似乎對眼前的一切感到荒謬至極。

他與那群望穿秋水的員警們，保持著一段距離，不管是心理狀態還是實際上所處的位置。

終於，分局大門的自動門彷彿舞台的布幕般左右開啟。

領頭的楓穿著風衣，戴著口罩走了進來。

即使全身包得密不透風，楓的風采還是令這群員警神魂顛倒。

他們全都屏住氣息，瞪大雙眼看著楓，深怕遺漏楓迷人的一舉一動。

楓與跟在後面的隊員們，對於這種情況習以為常，逕自朝後面走去。
而眾員警的頭，也隨著楓的行動而轉動，目送著楓與其他成員們走向後面的偵訊室。
在這群集體的行動之中，只有那個坐在遠處的他非常不合群，用極為冰冷的眼神瞄著楓。
這一次支援的，是楓最擅長的偵訊任務，楓二話不說，獨自走進偵訊室。
進去裡面不到三分鐘，楓就走了出來。
第一小組的成員從楓手上接過嫌犯認罪的口供，將它交給分局的員警。
現場鴉雀無聲，所有人都因為楓動人的風采與傑出的能力，佩服得五體投地。
這時一聲冷哼，宛如利刃般劃破這和諧的場合。
所有人紛紛轉向那個坐在遠處，用不屑眼神看著楓的男子。
這一聲冷哼加上那張不屑的臉孔，讓氣氛瞬間盪到谷底。
其他員警正準備開口責罵男子，想不到楓竟然朝男子走了過去。
所有人見狀都心想不妙了，畢竟不要說楓了，楓所屬的方正特別行動小組是全警界現在最倚重的單位。
一旦將楓惹惱了，其他的不說，光是每個月分局向行動小組請求支援的次數，如果因為這樣被迫減少或得不到支援，就夠讓分局長灰頭土臉了。
當所有人都為男子捏一把冷汗時，豈料楓走到男子跟前，竟突然朝男子鞠了個躬。

「好久不見了，」楓輕輕地說：「學長。」

所有人見到這一幕，紛紛因驚訝而張大了嘴。

那個被楓稱為學長的男子，聽到楓這麼回應，不屑地將頭撇開，冷冷地說：「不需要這麼多禮，我可沒那麼榮幸，有妳這麼不得了的學妹。」

男子語氣酸溜溜的，讓楓小組的成員全部變臉，正準備上前為自己的隊長討公道時，楓又是一個鞠躬。

「保重。」

楓淡淡地說完後，便轉身朝大門走去。

楓宛如一陣風，輕悄悄地席捲而來，此刻又輕悄悄地離去。

楓小隊的成員，見到楓已經走出去了，才惡狠狠地瞪了男子一眼，急忙追了出去。

「隊長！」楓小組的副隊長小婷追上楓，一臉不悅地抱怨道：「讓我跟大隊長報告，請他跟分局長抗議。我們特別前來支援，為什麼還要讓他這樣酸我們？」

「不需要，走吧。」楓淡淡地下了命令，然後頭也不回地朝車子走去。

2

加入方正特別行動小組，對所有小組成員來說，都可以算是人生的重大轉變。

但在這些人之中，有個人的轉變最為驚人。

這個人不是別人，正是被方正任命為第一小組的組長——石婇楓。

在加入方正特別行動小組之前，楓的人生從來沒有順遂過，而她的童年與青春歲月，也從來不像一般女孩子那樣成長。

因為她有一張會讓男人痴狂的臉孔，那並不是因為她特別的美，而是一種被詛咒般的宿命，所散發出來的影響力。

所以當身邊所有女孩，開始對自己的臉孔感到在意時，楓學會了低調。

當身邊所有女孩，開始學會化妝時，楓學會了將自己的臉孔隱藏起來。

當身邊所有女孩，開始對異性產生興趣時，楓學會了躲避男人。

楓的成長歷練，與所有女孩背道而馳。

即使如此，楓還是飽受自己這妖性之美所苦。

不需要楓明白說明，所有圍繞在楓身邊的女性，很快就會發現她的特質。

因此在楓成長的道路上，幾乎所有青春期的女性，都把她視為勁敵，視為不可靠近的人物，除非妳想要當那個二人好姊妹組裡面，永遠都被人忽視的那一個。

看到身邊的女性，為了吸引男性的注意，用心裝扮，楓都覺得諷刺。

她不需要這麼做，如果她想支配一個男人的人生，只需要讓他看自己一眼就可以了。

僅僅如此，就可以突破任何道德的藩籬，可以突破任何冰封的理性，讓那些男人做出瘋狂的行為。

也因此男性是一個楓不能靠近的對象。

孤獨是楓唯一的摯友，這不是一種選擇，而是一種宿命。

不學習獨處，就只有崩潰了。

楓從小就非常清楚，自己的存在，不管對任何人來說，都是一種困擾。

雖然她已經非常努力讓自己的存在，不會為他人帶來困擾。

不過無論她如何努力，總是有人為之瘋狂，到了自我毀滅的地步。

就連臉部曾經意外受傷，一大片醜陋的瘀青烙印其上，也止不住男性對她的痴狂。

自此，她也知道了，即使自己的容貌有所改變，不論是整形或是毀容，都改變不了加諸在她身上的詛咒。

於是，這成為了她人生唯一的方向。

她希望自己的人生之中，哪怕只有一點點也好，只要可以為這個社會帶來一點正面的力量，她都願意去做。

這樣，或許可以彌補一點自己為這個世界所帶來的傷害。

所以她選擇當一個警察，就只為了實現這小小的夢想。

但是這樣的小小夢想，也在好不容易加入警隊之後，才讓楓真正了解到，原來這只是個不切實際的夢想。

不管分配到哪個單位，不久就會引起騷動的楓，終於放棄抵抗自己的宿命。

當方正找上楓的時候，她已經遞上辭呈，準備離開警界了。

在方正與佳萱的勸說下，楓打消辭職的念頭，加入方正特別行動小組。

而楓也在非常短的時間內就了解到，這是她人生中最大的轉機。

方正特別行動小組，對楓來說是個真正的家。

裡面的所有成員，不會為她的長相著迷。

在這裡，她不需要穿著厚重的武裝，不需要在意自己那被詛咒的宿命。

這是有生以來第一次，楓找到了自己的歸宿。

所以為了這個家，她願意付出自己的所有。

有了這樣的決心，楓比行動小組裡面的任何人都還要認真。

她永遠都是第一個到，最後一個離開。

在方正特別行動小組剛成立之際，方正帶著這些新進的隊員，指揮大家辦案。

楓用心學習所有辦案技巧，不只跟方正學，還不斷進修，只要對辦案有幫助的，她都會試著去學習。

而這一切，只為了當時的初衷，讓自己成為對這個世界有一丁點幫助的人。

楓的努力，方正與佳萱都看在眼裡。

「從今天開始，妳就是方正特別行動小組，第一小隊的隊長了。」

當方正這樣告訴楓的時候，她張大了嘴，難以置信。

這些從來都不是楓所寄望的，她只是盡自己所能，讓自己成為一個有用的人而已。

「不要讓我們失望喔。」佳萱笑著說。

這句話，彷彿燒紅的烙鐵般，深深烙印在楓的心中。

為了這句話，也為了當時大力提拔自己的方正，楓更是加倍努力。

隨著楓的能力逐漸成長，楓的個性也逐漸轉變。

然而楓的轉變，卻是一件讓方正憂心的事情。

方正不知道是什麼樣的事情，造成這樣的變化，但是就連佳萱也感覺到楓的改變。

在成為隊長之後，楓處理事情的態度越來越冷靜，同時性格也越來越冷酷。

這樣的轉變，在看盡人世間悲哀與兇殘的第一線員警來說，是可以想見的。

但即便如此，像楓轉變得如此徹底的也不多見。

方正最後一次看到楓比較激動的案件，就是一年多前佳萱的學妹那件案子。

在那之後，楓的成長加劇，而第一小隊整體的能力也迅速成長，很快就跟其他三個小隊產生了差距。

在呂后事件前，第一小隊所承擔的案件數量，幾乎已經等於另外三個小隊的總和。

在楓的領導下，第一小隊的實力已經逐漸嶄露頭角，在方正特別行動小組中，發光發熱。

楓的成長有目共睹，不論是領導還是辦案能力，都有非常顯著的成長。

然而伴隨著這樣的成長，楓也越來越冷酷，缺乏感情。

方才在分局辦公室裡，一副不以為然的那個男子，是楓剛加入警隊時，負責帶她熟悉環境的前輩。

因為楓的小心謹慎，他才沒有看過楓的真面目。

不過就以楓那終年不變的誇張打扮，即使從未見過楓的樣子，男子還是一眼就認出了楓正是當年自己帶的學妹。

後來楓在該分局引發了一些騷動，便被迫調離現職。

不清楚內幕的學長，仍然與楓保持聯絡，並且支持、鼓勵著楓。

曾幾何時，這個學長是唯一一個支持楓的人。

這位從來不曾要求楓展露她的面貌，並以自然親切的態度與楓相處的學長，也一直都是楓最尊敬、最喜愛的前輩。

但這一切，都在楓加入方正特別行動小組之後，產生了變化。在方正的指導下，楓成為了一名優秀的員警，但是相對地，在楓身上產生的變化，非常熟悉楓的學長不可能不知道。

他非常反對楓的變化，甚至對楓那種不計一切代價，只求破案的態度感到不滿。雖然不曾看過，但他曾經聽說過，楓其實是位絕世美女。對於這個傳言，他沒有什麼特別的想法，然而當他聽到楓加入方正特別行動小組後，會利用自己的美貌來讓嫌犯認罪，這樣的做法令他頗有微詞。

此外，犯罪就是犯罪，不論對方有什麼理由，就算是被棄養的小孩因為餓了好幾天去偷東西吃，案子只要到楓的手裡，一定依法送辦。

如此的冷酷更讓他無法接受，感覺警察不再是人民保姆，而是抓賊工具，自此便不再與楓聯絡。

在楓的觀念裡，她只是盡本分，做好自己該做的事，不需要添加過多的私人情感，在抓到犯人後，他們背後有什麼不得已的辛酸血淚，上法庭再說吧。

然而在方正特別行動小組頗受重視的今日，對於楓的不滿，只能往肚子裡面吞，畢竟他只不過是過去曾經共事過的一名小警員。

如果在兩三年以前，或許學長今天的態度，會讓楓痛苦不已。

但是對今天的楓來說，她已經能夠坦然面對。

成長，就是一種割捨。

這句話，對楓來說有最佳的體驗。

她割捨掉私人的感情，也割捨掉不屬於方正特別行動小組之外的生活，換得自身的成長。

這麼做，也是為了回報方正與特別行動小組所賜予她的一切。

只要能不辜負方正和這個大家庭，只要能為這社會盡一點心力，要她做再大的犧牲，她都願意。

而這樣的割捨換取的成長，也讓她遠離了本來就距離很遠的人群，更讓她變成了一個工作的機器。

在楓默默地選擇，認定這是唯一正確的道路之後所帶來的變化，卻成為佳萱與方正最為擔心的地方。

3

少了阿火與阿山小隊，不管對方正還是對剩下的另外兩組成員來說，負擔的工作量都變成先前的兩倍以上。

對此，方正也改變了許多規則。

原本只要沒有案件在身或者正好在本部的隊長都應該要出席的會議，在這種非常時刻，幾乎形同虛設。

為了可以隨時掌握其他小隊的動態，方正希望大家雖然無法參加會議，但至少要派一個成員出席，這樣方正才可以掌握各小隊的動態。

會議室裡面，小琳仍舊出席會議，方正與佳萱也坐在前面等待。

過了一會，楓小隊的隊員小梓走了進來。

小梓手上抱著厚重的資料，在會議開始前，將這些資料放在方正的桌上。

「楓還在忙嗎？」佳萱問。

「是，」小梓簡潔有力地答道：「這是已經處理完畢的十六件案子。」

十六件案件的報告宛如一座小山丘般，堆積在方正的桌子上。

十六件案子……

距離上一次開會也不過短短四天，想不到楓的小隊已經解決了十六件案件。

看著那堆積如山的案件資料，小琳抿著嘴不發一語。

想不到，在阿山與阿火兩個小組無法辦案的情況之下，第一小組辦案的能力突飛猛進。

楓不但完全掌握了新增的組員，並且還妥善調度，讓第一小組的辦案能力宛如火山爆發般成長。

這個時候原本應該要輪休的，現在不僅休假時間變少，加班時間更長，即使如此，楓小組的辦案能力卻是不減反增。

這樣的辦案速度，不只有小琳感到驚訝，看著眼前這堆積如山的案件，就連方正與佳萱也是驚訝無比。

但是，方正與佳萱的臉上，卻看不到任何喜悅。

「報告大隊長，」小梓恭敬地說：「隊長說，如果沒什麼特別的情況，她會繼續辦理手上那些案件。」

方正聽了之後，淡淡地點了點頭說：「沒什麼特別的情況。」

小梓聽完，向方正敬了個禮後，立刻離開會議室。

在阿火與阿山重傷之後，方正將兩組傷勢沒有大礙的成員，紛紛暫編到第一與第二小組，小琳的小組因為人數的增加有點混亂，辦案的速度一度比原先還要慢，到現在慢慢回穩之後，好不容易才恢復過去的辦案速度。

但是楓的那組，在加入新成員後，辦案的速度彷彿火山爆發般，比過去還要高出兩三倍。人手多了一倍，效率也理所當然似地乘以二，每個小隊員都發揮了他們百分之一百二十的實力，連看似沒什麼能力的阿山小隊隊員，到了楓的手上也全都一夕之間大躍進。

現在幾乎所有的案件都是楓一個人包辦，相較之下，小琳那組就好像成天在打混似的。

身為隊長的小琳，臉上表情痛苦不堪。

看到小琳這樣，方正與佳萱當然非常了解，但是他們半點也沒有苛責小琳的意思。

佳萱甚至出言安慰小琳，但是此刻的小琳卻什麼話都聽不進去。

畢竟小琳也非常努力，辦案的執著一直都是全警界最有名的。

但是面對另外一組如此卓越的表現，小琳非常自責，認為一切都是自己這個當隊長的沒有領導能力造成的。

所以即便方正與佳萱沒有半點責怪的意思，卻減輕不了小琳的自責。

這場會議就在這樣尷尬的氣氛之下，匆匆結束了。

小琳離開之後，整間會議室只剩下方正與佳萱。

「你不覺得你應該跟楓說點什麼嗎？」佳萱對方正說。

「妳要我跟楓說什麼？」方正攤開雙手說：「『妳破案太多、太快，這樣不好喔！』是這樣嗎？」

「當然不是！」佳萱白了方正一眼說：「你不會擔心嗎？楓的狀況。」

「會啊，當然會，怎麼可能不會？」方正篤定地說：「但是我也找不到方向，該怎麼跟楓談？」

的確，就現階段而言，比起阿火、阿山與小琳，楓可以說是所有上司夢寐以求的手下。全心投入工作，沒有半點怨言，工作效率又快又好。

但是兩人親眼看見楓的成長，也親眼目睹了楓的變化。

即便在方正特別行動小組中，楓可以脫下那些冷硬的外衣，除去那永遠遮住自己面容的口罩。

但這些日子以來，即使楓退去了所有裝備，她的臉孔也宛如那冰冷的外衣般，不苟言笑。

方正不禁懷疑，那埋藏在外表底下的情緒，到底累積了多少不為人知的秘密。

4

小琳坐在咖啡廳裡，靜靜地等待著。

在呂后事件之後，方正嚴令不管手上的案件有多忙，都需要輪休，即使是隊長也不能例外。

但現在，小琳卻一點也沒有休假的心情。

早上的會議，還深深縈繞在小琳的腦海之中。

休假比工作時的壓力還要更大，就在自己休息的時候，楓又多解決了幾個案件了吧。

小琳心中這麼想，一張臉也跟著沉下來，悶悶不樂地看著路上往來的人群。

咖啡廳的大門「叮」的一聲打開，一名男子匆匆忙忙地跑了進來。

男子張望了一下，看到小琳，立刻朝她走過去。

「對不起，」男子一臉歉意地說：「我有兩個朋友剛從日本回來。我幫他們調車子過去，遲了一會。」

來的不是別人，正是曾跟小琳一起被關在祖墳中，從那之後便開始跟小琳交往的小造，黃松造。

小琳沒有抬頭，有氣無力地搖了搖頭。

「怎麼啦？」看到小琳一副苦瓜臉，小造皺著眉頭問：「身體不舒服嗎？」

小琳仍舊只是搖搖頭。

兩人交往半年，雖然因為小琳工作的關係，見面的時間並不多，但兩人曾經一起出生入死，所以感情深厚，無話不說。

在小造的追問下，小琳才勉強將早上開會時的情形告訴他。

「所以，」小造皺著眉頭說：「妳是在不爽她贏過妳？」

「當然不是！」小琳白了小造一眼說：「我只是覺得我這樣很對不起自己的屬下，畢竟他們也很努力，可是成績卻不如第一小隊，全部都是我這個當隊長的錯。」

「嗯……」小造低著頭用手摸著下巴。

「我知道你可能很難體會這種感覺，」小琳說：「感覺就好像整個團隊裡面，就我最沒用。」

小琳的話彷彿一把刀，刺入了小造的心。

這樣的感覺，小造絕對比小琳更有感觸。

畢竟小造所經營的特殊事務所，在過去有很多很有能力的夥伴，而小造也常常感覺自己是最沒有用的一個。

小琳見小造默不吭聲，抬起頭來，看到小造也跟自己一樣苦著一張臉，才想到小造過去的經驗。

「喂，」小琳白了小造一眼說：「現在心情低落的人是我耶，我知道你了解這種感受。我只是覺得，現在大隊長一定很後悔當初選我當小隊長，其他人也一定不相信我的能力。」

「我相信妳。」小造一臉肯定地說：「這樣還不夠嗎？」

「只可惜你不是我的上司，也不是我的屬下。」小琳有氣無力地說。

被潑了一桶冷水的小造，只能摸摸鼻子，也不知道該怎麼安慰小琳。

看到小造這樣，又讓小琳的罪惡感上升。

其實在小造來之前，小琳也試圖讓自己的情緒恢復，畢竟兩人交往至今，聚少離多。好不容易有一次約會的時間，本來就希望可以快樂度過。

看到小造也被自己搞得愁容滿面，讓小琳更加難受。

討厭這樣的自己。

小琳深深地嘆了口氣。

5

兩人最後看了場電影，就結束了今天的約會。

雖然兩人都沒有說，但在小琳心情惡劣的情況下，這次的約會談不上愉快。

送小琳回家的路上，兩人也沒什麼話聊。

不想再搞糟氣氛，也更希望能夠趕快提起勁好好工作，小琳便要小造先回去，想自己一個人靜一靜，平復一下心情。

小琳的固執，經過半年的交往，小造當然很清楚，雖然不是很放心，但也只能照她的意思做了。

況且，比起小琳，走夜路比較令人擔心的，似乎是小造自身。

一個人走在路上，天空掛著的是皎潔的明月。

小琳想起了幾年前，方正特別行動小組剛成立之際——

在成立大會上，楓就排在小琳的前面。

大夥就集合在大廳，等待著大隊長方正前來。

這時，楓看起來就好像跟所有人格格不入般，在當時大家彼此還互不熟識的時候，全身上下裹著厚重的衣物，與人保持著距離。

小琳看到了，拍了拍她的肩膀。

楓回過頭來，一雙大眼睛看著小琳，似乎對有人有興趣跟她說話略感驚訝。

「妳好。」小琳先打了聲招呼說：「我是嚴紓琳，叫我小琳就可以了。」

「我叫石婇楓，叫我楓就可以了。」楓靦腆地說。

那是兩人第一次見面，兩人在等待方正前來的過程中，簡單地聊了幾句。

之後楓與小琳被指派為搭檔，兩人也因此熟識起來。

因為個性迥異使然，兩人共事起來就如同一對歡喜冤家。

直率堅毅的小琳與心思縝密的楓，兩人在各方面意見雖然不是很合，就連抓到兇嫌後應該先如何處理，都能爭執個三、五分鐘，但最後總是能和平愉快地落幕。

小爭執讓兩人更熟悉彼此，大吵一頓則讓兩人反省後更珍惜對方，兩人越吵感情越好。

原本還以為，自己會跟楓成為死黨，誰知道會發生那樣的事情。

而兩人也因為那起事件而變得水火不容，自此漸行漸遠。

雖然在那之後，兩人各自帶領著自己的小隊，比較沒有交集，小琳也逐漸淡忘了。

但上次阿山入院，在處理阿火的事件上，兩人再度產生歧見，又勾起了小琳的回憶。

小琳甩了甩頭，試圖將這些回憶拋諸腦後。

一路上胡思亂想，對現況似乎一點幫助也沒有。

她決定還是先回家好好洗個澡，然後鑽到被窩裡，舒服睡個一覺。

只是小琳沒注意到，一道黑影正從她剛剛所經過的大樓後方走出來。

那一對在黑夜中閃爍著的目光，正不懷好意地瞪視著小琳。

第3章・他的存在

1

「隊長，」副隊長小婷搖著坐在後座小睡的楓：「快要到達目的地了。」

楓點了點頭，答了聲：「嗯。」

在擠得滿滿的行程表中，楓必須時常利用這種通勤的時間小睡休息。

「預計再三分鐘就會抵達命案現場。」坐在前座的隊員向楓報告：「在這邊跟隊長報告一下。」

「嗯。」楓重新戴上口罩。

「曾經到過現場勘查的組員回報，命案現場還有滯留兩個目擊者，他們兩個就是被害人。」

這是方正教過楓，也是方正特別行動小組比起其他警隊更大的優勢。

其他警員需要找尋目擊者，並且徹查現場所有可能留下的蛛絲馬跡，才或許能找出一點辦案方向。

而這些具有陰陽眼的特別行動小組組員不需要如此繁雜，他們可以直接聆聽這些被害人訴說他們被人殺害的經過。

這個優勢讓方正特別行動小組可以在很短的時間內，鎖定兇手，並且找到足夠的證據。

畢竟對辦案人員來說，偵破一個案件最困難也是最耗時的部分，就是找到偵辦的方向。

然而，幾乎有半數的方正特別行動小組，現在在楓的指揮下，像這種當場詢問鬼魂的工作，都只需要由現場的指揮官就能進行偵辦了。

需要特別找楓來，只有一個原因——滯留在現場的鬼魂，不太友善。

呂后事件發生後，方正特別交代過，盡可能不要跟鬼魂接觸，尤其在命案現場常常都有含恨而死的鬼魂。

但是說起來簡單，做起來困難。

對以陰陽眼為主體的特別行動小組來說，偵訊這些鬼魂已經是行之有年的辦案手法。

所以楓的應變方法就是下令全隊，一旦遇到這種命案現場有惡靈滯留的情況，必須通知自己，以便親臨現場保護屬下的安全。

當楓的小隊到達命案現場，立刻感覺到惡靈的存在，果真在臥房看到了滯留在那裡的惡靈。

於是小隊立刻退出房子，並且通知了楓。

這一起命案發生在三天前，警方在接到報案後趕到現場，發現董家四口只有一人倖存，三人慘死。

由於在純樸的住宅社區竟發生原因不明，差點慘遭滅門的血案，引起社會恐慌，社會輿論讓警方倍感壓力，所以署長決定將案件交給方正特別行動小組。

方正將案子交給楓，楓派人前往發現了這樣的情況，便立刻回報給楓。

楓也馬上調動行程，前往命案現場。

命案現場是在一棟屋齡十多年的社區公寓，社區公寓向來平靜，甚至在此之前連一起竊盜案都不曾有過，現在卻突然發生這起駭人血案，讓附近居民人心惶惶。

當楓抵達現場時，附近的鄰居早已騷動起來。

即使距離命案發生已經過了三天，居民還是議論紛紛。

楓小隊的成員非常純熟地指揮著當地員警，將圍觀居民驅離。

楓來到了命案現場的四樓，四樓北面的其中一間住家門外圍著黃色的封鎖線。

楓穿越封鎖線進入屋內。

在楓的指示下，屋內已經沒有地方的員警，現在整間屋子都被清空，只剩下楓一個人。

空氣中仍然殘留血腥的氣味，即使隔著口罩也聞得到。

才剛走入客廳，楓就看到一個老婦人的鬼魂朝裡面痴痴地望著。

曾經聽大隊長說過，大隊長認識一個人，可以看得到靈魂的顏色。

聽大隊長說，顏色代表著該靈體的屬性。

有些只是遊蕩在人間，有些只是牽掛著親人，而有些……

楓穿過走廊，來到位於走廊深處的主臥房，不用探頭進去，楓就感覺到胸口一陣滯悶。

而有些，就跟現在滯留在主臥房內的鬼魂一樣，充滿怨恨。

楓沒有踏入主臥房，只在門口看著。

那個男鬼就站在床邊，用充滿怨恨的雙眼看著滿布血痕烙印的空床。

被血水染紅的床單、枕頭等，已經被當成證物收走了。

從資料顯示，兇手把一家人都殺光之後，在這張床上，將董老夫妻剁成肉醬。

這時原本站在客廳的那個老婦人鬼魂，來到主臥房門口，跟楓一起朝臥房裡面望。

老婦人用充滿哀傷的眼神，看著那個滯留在房間裡面的男人。

「妳跟那些看得到鬼魂的警察一樣吧？」老婦人對楓說：「妳是他們的隊長，對不對？」

楓點了點頭。

說話的這個鬼魂，正是在床上被殺害的董老太太。

「這是妳兒子吧？」楓用眼神暗指房間裡面的那個男人。

資料裡面顯示，董家兒子是在大門口遇害，想必回家的時候剛好看到了兇手，所以遭到殺害。

楓在資料裡看過董家兒子的照片，所以認得出這男人正是董家兒子。

「是的。」董老太太聲音哽咽地說：「他不肯跟我們一起離開，我跟他說算了，但是他不甘心。」

其實不需要董老太太說明，楓也看得出來。

楓雖然不像大隊長口中所說的那個人一樣，可以一眼看穿鬼魂的屬性，但透過靈魂的雙眼以及所感受到的這股氛圍，也可以感覺到這鬼魂充滿了怨念。

「為什麼不甘心？」楓問董老太太。

畢竟被殺害的人不只有他一個，而是他們全家，所以如果要說不甘心的話，應該全家都一樣才對，為什麼只有他一個人特別有怨念？

「因為……」董老太太緩緩地說：「預謀殺害我們全家的，就是他老婆。」

楓聽到董老太太的話，緩緩地閉上眼睛。

她完全可以理解為什麼董家兒子會有如此的怨念了。

因為覺得自己娶錯了人，才害死全家，更甚者，說不定他到死之前，都還對自己的妻子沒有半點懷疑，甚至還愛著她，所以才會感覺到非常不甘心吧？

楓緩緩張開雙眼，一張駭人的臉孔就近在眼前。

董家兒子的雙眼惡狠狠地瞪著楓。

這種怨靈，不管在任何時刻遇上，都不是一件好事。

但是長時間在這種命案現場的楓，非常清楚董家兒子要的是什麼。

而她也相信，董家兒子非常清楚，他想要的東西，現在只有楓可以給他。

那個東西不是正義，而是一個機會，一個可以跟兇手單獨共處一室的機會。

2

對可以錄陰陽兩界口供的方正特別行動小組來說，最主要的課題還是在蒐集應有的證據。

畢竟台灣還是法治社會，如果沒有足夠的證據，光憑鬼魂的指認，在法庭上還是站不住腳。

最好的證據，就是嫌犯的自白。

而在方正特別行動小組中，如果說阿火小隊是專門對付鬼魂的小隊，那麼楓的小隊最卓越的能力就是取得自白。

除了隊長楓擁有讓所有男人都不能抗拒的魅力之外，就算兇嫌是女性，楓也有許許多多的辦法，可以讓人承認自己所犯下的罪行。

對楓來說，只要能夠讓嫌犯認罪，不管什麼手段她都願意嘗試。

畢竟，在楓的價值觀裡，逮捕罪犯是她的工作，她沒有資格審判任何人，自然也不會同情任何人。

打擊犯罪是楓與小琳共同的目標，也是許多人加入警界的原因。

雖然兩人都立志要抓光所有罪犯，不論是竊盜案或殺人命案，只要是犯罪都不放過。

然而楓與小琳最大的不同是，楓只管逮捕罪犯，不管用什麼方法都無所謂；而小琳則重視人權、人情、人性，以最土法煉鋼，也是最不傷害任何人的方式來辦案。

在投身警界，尤其是在加入方正特別行動小組之後，讓楓越來越了解到，擁有過多的情感，對警察來說，是非常沉重的負擔。

而割捨掉這多餘的情感，對楓來說，不是一件很難的事情。

畢竟加入方正特別行動小組之前，她曾經認為自己已經一無所有，沒有溫暖的家、沒有朋友，不能與異性相處交往，甚至根本沒有能夠接納她的地方。

既然什麼都沒有，又哪來的割捨呢？

那麼一丁點的感情，捨棄了也不會有多少差別。

當楓離開命案現場的時候，她已經構思好要讓董家媳婦到那間臥房裡面，跟那個惡靈單獨相處一段時間。

這個案件，讓楓想起了當時跟小琳搭檔時的事情。

或許是因為這兩起案件非常雷同，都是案發現場有被害者化身成為惡靈駐留的情形吧。

在那起案件之前，被指派為搭檔的小琳與楓，是形影不離的好夥伴，但是在那起案件之中，兩人反目成仇，自此水火不容。

當時的案件，就是因為小琳堅持反對讓兇嫌待在惡靈滯留的房間裡面，認為這樣太罔顧兇手的人權了。

小琳認為，一方面跟著兇嫌等他露出馬腳，另外一方面積極蒐集證據，即使不用這樣的方法，也一定可以讓兇手伏法。

雙方在這裡產生了嚴重的歧見，也因為這樣，導致了這起案件成為兩人心中最大的痛。

楓因為小琳的阻撓，無法將兇嫌關進那個有惡靈的房間內，逼兇嫌認罪。

在那起案件發生的一個月後，兇手被發現在自家暴斃，死因成謎。

但是，楓與小琳都非常清楚，兇手是被那個惡靈所殺。

或許是那個惡靈，因為正義遲遲無法伸張，所以動了私刑。

也或許，如果當時的楓，真的把兇嫌抓去惡靈面前，惡靈也會照樣殺了他。

人生往往不像是考卷上面的是非題，有著清楚的是與非。

這起案件，方正沒有責備任何一方，畢竟這種過錯由一個人來承擔，太過於沉重了。

沒有人有辦法像借婆那樣，看穿因果與輪迴。

往往一個出自於善意的行為，卻也有可能導致最糟糕的結果。

但在這起事件後，方正並沒有限制手下不能用這樣的方式辦案。

畢竟，以方正過去與黑靈交手的經驗來說，就算不讓惡靈跟嫌犯見面、共處一室，如果惡靈真的想要下手，依舊有的是機會。

如果可以在惡靈真的動手之前，讓正義得以伸張，或許還可能阻止這樣的慘案發生，所以方正並沒有禁止手下用這樣的方法辦案。

一切都交給命運來決定。

他們是陽間的警察，逮捕違反陽間法律的犯人，才是他們的工作。

所以楓在成為分組隊長之後，徹底執行這樣的工作。

不管什麼手段，只要能夠快速準確地逮捕罪犯，她都願意使用。

這是楓當初的想法，也是她成為第一小隊隊長之後，指揮小隊的不二法則。

或許當年那個兇嫌沒有被惡靈殺害的話，楓的想法還有轉圜的餘地。

可是那個兇嫌已經死了，如果楓不能秉持同樣的態度，她會覺得對不起當年那個兇嫌。

3

晚上七點。

員警照著楓的指示，將嫌犯董家媳婦張愛媛帶到了命案現場。

「請在這裡等候一下。」

楓的隊員將張愛媛帶到主臥室，留下這句話後就出去了，讓張愛媛一個人待在臥房裡。

等到楓的隊員都退出房門後，張愛媛冷冷地哼了一聲。

像這種帶嫌犯到命案現場的手法，張愛媛從以前看電視就覺得很荒唐。

現在他們肯定也在打這樣的主意。

張愛媛感到好笑，畢竟如果他們細心去詳加調查，他們就會理解，這個男人有多該死。

她不後悔殺了他，更沒有任何愧疚，畢竟如果要問她有什麼遺憾，她會不加思索地告訴你，最遺憾的就是只能殺他一次。

兩人的婚姻打從一開始就是場悲劇。

俗話說，男怕入錯行，女怕嫁錯郎。

對張愛媛而言，自己嫁入董家，是徹底瞎了狗眼。

簡單來說，張愛媛之所以嫁入董家，為的就是董家的錢。

當她發現董家不過就是打腫臉充胖子的假豪門，拿著幾塊不值錢的爛地，就稱自己為地主之後，她的人生降到了冰點。

這輩子都只有騙人，而沒有被騙過的張愛媛，這次真的是陰溝裡翻船了。

原本以為找到了金龜婿，誰知道只是個鍍金的死瓢蟲。

搞清楚了這一點，張愛媛決定要讓這騙子一家知道欺騙自己的下場。

她找上了過去在酒店上班時的一個恩客，以睡幾次當作酬勞，他願意協助她，殺害她老公一家，謀奪她老公一家的遺產。

兩人不但聯手偽造不在場證據，更讓警方找不到直接證明兩人是兇手的證據。

這讓張愛媛非常清楚自己擁有的優勢。

她冷眼看著這熟悉又厭惡的主臥房，這裡是她公婆的房間，婆婆老是嫌她這、嫌她那，長年臥病在床的公公，根本什麼事情都不知道，只會吃、喝、拉、撒、睡。

從某個角度來說，她自認為這也算是行善，幫那兩個老不死的，脫離人世間這個苦海。

突然，電燈一暗，屋內陷入一片漆黑。

張愛媛見狀，非常不屑地冷哼了一聲。

找不到證據就只能裝神弄鬼，真是爛透了，就這麼一點能耐，難怪至今還有一堆破不了的懸案。

張愛媛在內心暗暗詆毀著警方。

窗外原本應該會有一點路燈透進來的光線，但窗戶不知道什麼時候被人用黑色的色紙貼住了，燈光一熄滅，整個房間陷入伸手不見五指的黑暗。

「搞什麼！」

張愛媛雖然知道這多半是警方搞的鬼，還是出聲抱怨，並且伸手摸著黑，試圖退到門口。住在這個地方也差不多一年了，張愛媛對這間主臥房還算熟悉，所以即便身處在這樣的黑暗中，張愛媛也很快就找到了臥房的門把，以及門口附近的電燈開關。

在試圖開關電源都沒有反應後，張愛媛握住門把一扭，但是門把卻被人鎖住似的，怎麼扭也扭不動。

「你們在搞什麼鬼啊！」張愛媛用力拍著門叫道：「你們把我關在這裡，到底想要怎樣！台灣沒有法律了嗎？你們可以這樣亂搞嗎？」

雖然知道這很可能是警方裝神弄鬼的把戲，但這裡終究是發生命案的現場，張愛媛聲音開始顫抖起來，腦海裡浮現當時公婆兩人在床上被開膛剖肚的畫面。

就在張愛媛動腳準備踢門的時候，腳向後一抬，竟然感覺好像踢到了什麼東西。

這讓她立刻感覺到不對勁。

怎麼回事？

房間裡面不是只有自己一個人嗎？

怎麼腳向後一伸，還會踢到東西呢？

一股恐懼的感覺，浮上了張愛媛的心頭。

張愛媛完全不敢回頭，只能更用力地拍門。

「開門啊！」張愛媛張大了嘴，聲嘶力竭地叫著：「快點開門啊！」

絕對的黑暗，很容易吞蝕掉人的理性。

前一秒鐘還確信自己不會因為這樣而失去冷靜，但是現在的張愛媛，卻像隻受驚的小動物般，拚命拍打撞擊著房門。

因為腦海裡面有個相同理智的聲音告訴自己，這已經超過警方合理偵訊的範圍了。

就在理智與恐慌的拔河下，一隻手在黑暗中，輕輕地搭上了張愛媛的肩膀。

「啊！」張愛媛放聲尖叫了出來。

是誰？

當這個問題浮現在張愛媛心中時，恐懼感已經爬滿了全身。

這間臥房只有這個出入口，收納空間又只有抽屜，不可能有地方躲人。

她對這個房間的熟悉度，此刻反而讓她陷入了無比的恐懼。

她不敢回頭，只能更加用力地想要把門弄開。

就在這時，那隻搭在她肩上的手，用力一抓，並且向後用力一扯。

嚇到整個人發軟的張愛媛，就這樣整個人向後一倒，重重地摔在床上。

那張被染紅的床單，雖然已經被鑑識小組帶回去做鑑定，但是床上仍留有大片的血漬，這時張愛媛整個人重重地摔在上面，床面上立刻滲出一些黏稠的紅色黏液。

「嗚啊！」

碰到那些濃稠的黏液，讓張愛媛整個人跳了起來，一個噁心，差點就吐了出來。

她狼狽慌張地從床上滾下來，重重地摔在地板上。

張愛媛從地板上掙扎著坐起，床的另外一側，也緩緩浮出一個人影，就好像鏡中的倒影一樣。

只是不一樣的是，床另外一側的人影，隱隱發著綠光，在黑暗中特別顯眼。

張愛媛緩緩轉過頭去，那顆透著淡淡綠光的頭，有著一張熟悉的臉孔。

那正是被她親手殺害的老公。

這一刻，張愛媛終於知道，這根本不是什麼警方搞的鬼，而是貨真價實，她老公死後的怨靈上門了。

有了這層認知，張愛媛的體內立刻分泌出大量的腎上腺素，拚了命地爬起身來，往臥房大門衝過去。

這一次張愛媛使盡了全身的力量，朝門衝撞過去。

這一撞讓原本就不是很堅固的木門，被她撞開了。

衝擊的力道過大，讓張愛媛不僅衝破門，還失去了平衡，跑了幾步，便整個人仆倒在走廊上。

走廊上有個女人坐在椅子上，張愛媛這樣一趴，剛好就趴在那女人旁邊。

張愛媛趴在那女人的腳邊，猛然一抬頭，看到那女人詭異的裝扮，嚇到整個人跳了起來。

又來一個女鬼？

定睛一看，那個坐在椅子上的女人，手上晃動著警察的證件。

鬼應該不會這樣吧？

張愛媛驚魂未定地看著女人。

但是如果說是人的話，這女人的穿著也太過於詭異，明明在室內，卻整個人包裹得像變態一樣，穿著風衣戴著口罩。

坐在那裡的不是別人，正是方正特別行動小組第一小隊隊長，楓。

「怎麼啦？」楓的聲音冰冷如霜。

被楓這麼一問，張愛媛瞬間想起那個死命追著她要報仇的老公，猛一回頭，但是走廊深處那間主臥室裡面只有一片漆黑，沒有見到被她殺死的老公。

「今天是妳老公的頭七，」楓淡淡地說：「以習俗來說，今天就是他回家的日子。妳有沒有見到他啊？」

聽到楓這麼說，張愛媛猛一抬頭，惡狠狠地瞪著楓。

看樣子，剛剛那一切真的是警方搞的鬼？找人裝神弄鬼嚇唬她？

彷彿看穿了張愛媛的心事，楓搖著頭說：「我們警方沒有那種能力，可以裝鬼來嚇妳，再者，我也不覺得有這個必要。我只能送妳兩句話，一句是多行不義必自斃，另外一句是，不見棺材不掉淚。如果妳肯承認妳的罪行，我想妳老公就不會找妳報仇了。」

張愛媛沒有回答，仍舊只是瞪著楓。

「當然，妳不承認也可以，」楓聳了聳肩說：「我可以告訴妳，等等要帶妳去的拘留所，有一間陰氣十分重的房間，如果妳不肯承認，我們就把妳關進那一間，過了今晚十二點，就是陰日，我相信妳老公一定會在過了十二點之後去拘留所裡面探望妳。」

如果是以前，張愛媛肯定會對楓的這一番話嗤之以鼻。

但一方面是剛剛自己親眼看到了老公的臉，那張看了就厭惡的臉，她確定自己絕對不會看錯。

另一方面，楓講述這些事情的口氣，一點也沒有要唬弄自己的感覺，反而有一種，自己信或不信都與她無關的感覺。

一想到這裡，張愛媛瞬間明白了，為什麼眼前這個包得密不透風的女警，會有這樣的態度了。

因為不管自己相不相信她，如果事情真的跟她所說的一樣，那麼不管是現在認罪，還是關進拘留所讓已經變成鬼的老公來處置，這案子都算了結了。

這就是這女警一副無所謂模樣真正的原因了。

「我只能告訴妳，依妳老公的怨氣，妳再不承認，肯定活不過明天。」楓平淡地說：「所以決定權在妳，要加深彼此的罪孽，還是要坦承一切。只要妳誠心認錯，願意接受法律的制裁，我相信應該可以平息妳丈夫的怨氣。」

張愛媛雙肩下垂，眼神也不若先前銳利，只是愣愣地看著楓。

「就看妳自己的決定了。」

張愛媛聽完，跪坐在地上痛哭失聲。

不甘心與悔恨的心情，在張愛媛的心中起伏，點著頭勉強嗚咽地說：「我認了。」

在張愛媛這麼說的同時，主臥室的電力又恢復了。

同時，一個個警員從其他房間走了出來，看著跪倒在地上，哭得不成人形的張愛媛，緩緩地搖了搖頭。

楓示意要小組的成員將張愛媛帶走，兩名組員一左一右將她帶出去押上警車。

張愛媛剛走，楓的手機立刻響了起來。

楓看了一下手機，臉色立刻沉了下來。

手機上面顯示的，是代號為S的號碼。

楓非常清楚，這個號碼，是個非常重要的小組專屬的聯絡號碼。

自從這小組成立之後，楓就一直等待他們的回報。

三個多月來，一直杳無音信的這個小組，終於在這時候有了回應。

楓深呼吸一口氣，然後將電話接起來。

4

自從小琳追查「飛頭鬼火案」之後，楓特別分出了一個小組，只有兩個人，並且直接向楓報告。

楓給了他們一個非常特別的任務，要他們憑著某些特徵，探訪所有分局，看看有沒有類似的案件。

雖然說「飛頭鬼火案」在小琳的調查中，有非常完整的報告，但有件事情讓楓非常在意。

這倒不是因為小琳有疏漏，畢竟沒有任何證據顯示那個人的存在。

可是憑著一種筆墨難以形容的直覺，讓楓覺得那個人是確實存在的。

或許是因為曾聽大隊長方正說過關於借婆的事情，以及跟借婆見過幾次面，讓楓有了這樣的直覺。

畢竟所有看似毫無關聯的兩個人或事，往往在借婆的眼中都有其因果存在。

秉持著這樣的想法，楓總覺得在「飛頭鬼火案」中，有個非常關鍵的人，始終沒有露面，讓她非常在意。

因此，楓在「飛頭鬼火案」後，成立了一個特別的兩人小組。

成立之後，這兩人小組幾乎踏遍台灣所有分局，看過無數大大小小的案件，終於在數個月後的今天有了回應。

楓一接到電話，立刻放下手中其他的案件，第一時間與兩人會合。

當楓趕到分局時，分局長還來不及換好制服，穿著便服就直接在分局門口迎接楓的到來。

畢竟分局長根本不了解，是什麼風把這個方正特別行動小組第一小組組長給吹來了。

「這個案件一切都符合您要我們找的特徵，」兩人小組的其中一名組員，將一疊資料夾交給楓說道：「我們已經跟分局這邊打過招呼了，我們可以隨時偵訊這名犯人。」

楓點了點頭，跟分局長打聲招呼之後，在兩名隊員的帶領之下，快速地離開，只留下一臉狐疑的分局長，趕忙招來幾名警員，想要問清楚到底是什麼樣的案件，竟然會驚動方正特別行動小組。

「我也不知道啊，局長。」被問到的警員一臉無辜地說：「案件沒什麼問題啊，就是昨天新聞有報的那個弒親案。」

「你是說那個殺死自己久病爸爸的案件啊？」

「就是啊，」員警苦著臉說：「案子本身沒什麼問題，兇手是自己投案的，我們也沒有向上面通報，誰知道剛剛那兩個人跑來，問我們幾個問題，然後就……」

「什麼問題？」

「也不是什麼重要的問題，大概就是問說嫌犯一家的經濟狀況啦，還有就是問說那個久病的父親病了多久、情況如何之類的。」

分局長聽完，整個臉都擠在一起了，這到底是什麼情況啊？

到底這個嫌犯有什麼了不起，竟然需要動用到方正特別行動小組？

就在分局長與員警們丈二金剛摸不著頭腦的同時，楓已經在兩名組員的帶領下，前往拘留所，並且借提那個親手殺死老父親的嫌犯。

在前往拘留所的路上，兩人向楓簡單說明了案情。

三天前的凌晨，警方接到了嫌犯的自首電話，表示自己用枕頭悶死了重病多年的老父親，警方趕到現場，立刻逮捕嫌犯，並且在臥室裡，找到了老父親的遺體。

行兇的動機非常單純，就是不忍心看父親長年受到病痛的折磨。

就案件本身與案情來說，不管從任何角度看來，都是一場人倫悲劇，但卻沒有任何可以介入的疑點，就連法醫初步勘驗的結果，死因也是窒息身亡。

這也就是為什麼分局的同仁完全不能理解，這樣的案件為什麼會讓大名鼎鼎的方正特別行動小組大駕光臨。

那個老父親是當地的傳奇人物，是個有名企業的創辦人，雖然這幾年因為重病的關係，所以鮮少出席公開場合，但在當地還是相當有聲望。

行兇的嫌犯是該家族的長子，在該地也是出了名的孝子。

自從老父親重病之後，他將家族企業交給兩個弟弟，全心照顧著老父親。

想不到這一照顧就是十多年，但老父親的狀況一直不見好轉，也不見惡化，所以不忍心看到老父親繼續受折磨，才會出此下策。

類似這樣的人倫悲劇在沒有安樂死的台灣，並不是第一次發生。

而當兩人小組看到了這則新聞，立刻動身前往分局，在詢問之下後確定，這起案件完全符合楓隊長所交代的特徵。

其中一個特徵是嫌犯的家境非常好，另外一個特徵是久病不死的親人。

至於為什麼楓會下達這樣的命令，兩人小組的成員並不清楚。

在確定了特徵相符之後，兩人小組立刻通知了楓，而楓也在第一時間抵達。

偵訊室裡面，嫌犯滿頭白髮，一臉頹喪地坐在椅子上。在照顧老父親這十多年的歲月之中，他從一位意氣風發的董事長，變成了眼前這落魄的老人。

「你的情況，」楓坐定之後，對著嫌犯說：「我想分局的同仁都已經幫你處理好了，我這邊只有幾個問題想要請教你。」

嫌犯愣愣地點了點頭。

「請你仔細回憶一下，在你父親重病的時候，有沒有什麼特別的人，不是醫生，」楓強調地說：「反而比較像是法師或和尚之類的人，去看過你父親？」

聽到楓這麼說，嫌犯先是皺了皺眉頭，想了一會之後，點了點頭回答：「有。」

「什麼樣的人？」

「一個看風水的堪輿師。」嫌犯淡淡地說：「二弟認為爸爸會病成這樣，是因為家裡磁場什麼的出問題，所以特別找他來，希望幫我們家改善風水。改善風水之後，爸爸本來每況愈下的病情，好像就不再有變化了。」

楓聽了，雙眼為之一亮，沉吟了一會之後點了點頭。

「現在，」楓鄭重地說：「請你回想一下，任何細節都可以，請你把那位風水師幫你們家改變了哪些東西、改善了哪些事情告訴我，最後還要請你跟我說一下，那位風水師長什麼樣子、叫什麼名字、從哪裡找來的，任何你可以回想起來的事情，都請告訴我。」

第4章・背後靈

1

剛從捷運站走出來，小琳立刻感覺到一股暖暖的風，吹拂在自己臉上。

「好！加油！」小琳在心中吶喊著。

經過了一天的休息，小琳一掃前一天低落的心情，再度活力十足地投入偵查工作。

楓是楓，自己是自己，兩人辦案的風格不同，也不是今天才知道的事情。

而兩人各自踏上的道路，也在那個案件之後，徹底不同了。

這些小琳都非常清楚。

所以經過前一天的低落，現在的小琳已經完全振作。

打從一開始，方正與佳萱就沒有責備自己的意思。

從阿火與阿山受傷到今天為止，小琳這組只支援了六個案件。

然而，這是單純數據上所看見的。

但是實際上，分配到小琳手上的案件，從來就不只是一個案件那麼簡單。

以上個禮拜發生在宜蘭的殺人棄屍案為例，為了釐清兇手可能為何人，小琳調閱了幾條路口的監視器畫面，意外發現肇事逃逸的案外案，立刻分案去調查。

誰知道這肇事逃逸的分案，又意外扯出一起毒品交易案。

而原本的藏屍案，又在調查嫌犯住所的時候，扯出了一樁家暴案與另一樁詐欺案。

就這樣，一個案件分成兩個，兩個分成四個，四個分成八個，如此不斷滋長下去。

每個案件都分幾名組員出去調查，等到小琳回過神來的時候，一組三、四十人的小隊，只剩下不到五個人在自己身邊。

這與楓一開始就分配好哪些人負責哪幾個案件截然不同，很少有節外生枝的案外案發生，即使有，楓也會轉交地方分局處理，以便按照計畫行事，讓一切都在掌握中。

這就是方正特別行動小組第一與第二小隊之間的差別。

這樣的問題在楓與小琳兩人還是搭檔的時期，就已經存在了。

兩人成為隊長之後，差異只有越來越大。

楓所率領的第一小隊，彷彿華佗再世的醫師手中的手術刀，快狠準地前往支援，並且解決支援的案件。

而小琳所率領的第二小隊，卻好像一張大網，除了目標之外，就連旁邊的小魚也一網打盡。

兩人渾然不同的領導與辦案風格，各有優劣。

以小琳為例，這樣的辦案風格常常有意外的收穫，甚至可以逮捕到在逃多年的十大要犯。那個在逃的十大要犯，作夢也想不到，自己躲躲藏藏將近十年，最後被逮捕的原因，竟然是因為住隔壁的先生動手打了自己的老婆。

那老婆帶著黑眼圈坐電梯時，與正要緝捕嫌犯的小琳共乘，小琳當機立斷帶著小隊的隊員，與婦人回家。

而住在隔壁正要回家的通緝犯，一看到門口那麼多警察，還以為是要來抓他的，拔腿就跑。小琳也順勢要隊員追上去，就這樣不費吹灰之力地將這要犯逮捕歸案。

這起案件也成了教材，放入警專學校的實案教學中，告訴那些準備成為警員的學生們，如何睜大雙眼，注意罪犯。

可是這樣辦案的缺點，當然就是一個案件沒完沒了，很容易形成人手不足的情況，而且不容易專注在案件本身上面，辦起案來速度自然就會變慢。

但是小琳一點也不在意這些，畢竟在小琳的心中，不管是支援的案件，還是這些延伸出來的案件，只要有犯罪的人，只要有被害的人，在小琳心中都是一樣重要的案件。

哪怕最後追著嫌犯的人，只剩下小琳自己一個，小琳也會一直追查下去，直到嫌犯俯首認罪為止，這也正是小琳在警界被人稱為「背後琳」的原因之一。

一旦被小琳找到犯罪者的蛛絲馬跡，她就會一直追查跟監下去，直到兇嫌落網為止，就好像背後靈一樣。

今天是小琳收網的好日子，她手上當初被方正派去支援的案件，如無意外今天就可以解決了。

就好像漁夫撒網，一直不斷分出去的案件，一般而言，會隨著案件的發展，在主要這起支援案件破案時，達到最高峰。

而在案件破了之後，就好像漁夫收網一樣，放出去的人手一一歸隊，大大小小的案件也一個接著一個破獲解決。

這彷佛已經是小琳辦案時既定的公式般，有著固定不變的周期。

所以在頹喪了一天之後，小琳今天可以說是元氣百倍，在她步出捷運站時，她也決定，如果今天案件處理進度順利的話，再跟小造見個面，以彌補昨天的不愉快。

只是就連小琳都想不到，這樣的決定不但無法實現，而且兩人的人生也將在今天產生劇烈的變化。

2

小琳手上的這起案件，是上個月發生在宜蘭的殺人棄屍案。一具男性屍體在路邊一塊荒廢、長滿雜草樹木的土地深處被發現。

發現者是一位很少來到宜蘭的過路人，根據調查了解，發現者當天到台東觀光旅遊，在回台北的路上因為尿急，車開到宜蘭途中實在忍不住，臨時又找不到便利商店或加油站等的公共廁所，才不得已選個隱密的地方停下來小解。

誰知道稍微往深一點的地方走去，竟看見遠處有鞋子跟牛仔褲，整體看起來就像是人類腳部的東西卡在泥土裡。

再靠近一點看，確定是有人被粗糙地埋在裡面時，嚇得他差點直接尿在褲子上。

死者的頭部受到外力撞擊破裂，臉部則遭強酸毀容，身上其他地方也有被少量強酸潑灑侵蝕的痕跡，只是身體部分大致還算完整。

經過警方的鑑定調查，死者是宜蘭當地一位很有名望的青年，死亡時間將近一個禮拜。兇手在將他殺害毀容之後，可能因為手邊還有殘留一些化學強酸，就順手在死者身上潑了幾下，把它用完順便處理掉。

這樣的案子原本應該不難解，但另人匪夷所思的是，由於死者是當地許多人都認識，一名外貌英挺、學識頗高，待人又和善有禮，相當深得人緣的男子，而本來幾乎每天都會見到，還是如此廣受喜愛的人，突然消失了這麼多天，竟都沒有人發現。

原本就單親的死者，父親在幾年前也過世了，因此警方只能從死者與鄰居朋友之間的互動，得知死者生前的生活情況。

只是不問還好，一問之下才發現，他的失蹤不但沒有人發現，他的死亡更是沒有人相信。

當地居民甚至表示，在警方挖出屍體的當天早上，還曾經跟應該已經死亡多日的死者講過話，而且這幾天跟死者互動過的人還不在少數，幾乎平常會與死者碰面的人，全都證實了死者還活著的事實。

但鑑定小組及法醫再三確認過後，也都確定勘驗沒有出錯，死者的確就是那個人，且死亡時間誤差也不可能大到好幾天，頂多只會誤差個幾小時。

經過警方深入的調查，也證實死者並沒有雙胞胎或長相相似的兄弟，更沒有什麼同父異母或同母異父的兄弟姊妹，是個非常單純的獨生子。

案情因此陷入膠著，連死者究竟是誰都不能確定，當然也就沒有兇嫌的方向。

由於案件離奇，地方分局也不知道該從何著手，在經過審核後，送到了方正特別行動小組手上，交給小琳承辦。

接到這個案子，小琳透過死者的鬼魂，非常清楚地知道死者的確是那位廣受愛戴的獨生子，而死亡時間也與包括佳萱在內的三位法醫判斷的結果一樣，約莫是在一個星期前。

然而因為事發突然，死者並不清楚究竟是誰殺死自己的，也不記得跟誰有過深仇大恨。

小琳問過最近跟他接觸過的人之後，鎖定了幾個比較有可能是嫌犯的人，並且一一開始進行二十四小時跟監。

其中有一名林姓嫌犯，是死者許久不見的國中同學，原本已經離鄉到外縣市工作，這陣子因為失業又回到老家，而過去只是點頭之交的兩人，這些日子卻突然變得要好起來。

經過小琳的調查發現，變得要好的兩人，前幾天卻很少走在一起，確切一點的說法應該是，根本沒有人同時見過他們兩人在同一個場合出現。

只要死者在，林姓嫌犯就不在；林姓嫌犯在場，死者就不在。

這點讓小琳更加懷疑林姓嫌犯。

問過當地居民後，有些從小就認識林姓嫌犯的人，告訴小琳當林姓嫌犯剛回來的時候，很多人都認不出他了，覺得他真是醜小鴨變天鵝，長大變得帥多了。

小琳在比較過林姓嫌犯以前的照片與現在的樣子，雖然仔細看還是看得出是同一個人，但看到照片的第一眼，卻也不免感到驚訝。

詳加調查後，發現林姓嫌犯在搬到外縣市生活的這段時間，曾經做過微整形，因為只是一些細部的小整形，所以大體上還看得出是同一個人，不過整個人卻變得英俊多了。

而林姓嫌犯高中與大學時期都在外地讀書，畢業後又直接在外地找工作定居，因此這些細節，當地的居民根本不會知道，只覺得他是男大十八變。

當小琳覺得林姓嫌犯越來越可疑的時候，跟監有了結果。

雖然有些比較愛美的男性身邊會有一些保養品跟化妝品，但林姓嫌犯的化妝品還真是多得驚人，甚至連假髮都有，說不定用一個大行李箱還裝不完。

如果告訴大家他是專業的彩妝師，說不定根本不會有人提出質疑。

然而調查結果顯示，林姓嫌犯只從事過保險業務員及飯店服務生的工作，這兩份工作跟這麼多的化妝品絲毫沾不上邊。

在小琳發現大量的化妝用品之後，又意外發現了，林姓嫌犯有好幾套跟死者經常穿的服飾一模一樣的衣服。

就在小琳決定約談林姓嫌犯的時候，林嫌在做賊心虛的情況下，似乎看見了跟在小琳身邊的死者，驚慌之下讓他不小心露出了馬腳，自己說出了非兇手不應該知道的事情。

自知瞞不住的林姓兇嫌，最後終於坦承犯案。

原來林姓兇手從小就嫉妒著死者，不僅容貌好，課業、運動、待人處事，各方面都表現得盡善盡美。

表現也算優秀的林姓兇手，認為自己只是沒有出眾的外表，所以才會被大家忽視，得不到掌聲及厚愛。

因此，從上高中開始，他就特地考到外縣市去，認為在其他沒有死者的地方，自己一定可以發光發熱。

果然，在高中和大學時期，林姓兇手在校園裡都是受到矚目的對象，只是出了社會，競爭也跟著變大，不再只是與一所學校裡大約一兩千名的學生分勝負而已，而是和全國人民不分年齡一起做比較。

林姓兇手在投入職場時就處處碰壁，他也理所當然的又把問題歸咎給自己的外表，因而去做了微整形。

整形過後，雖然得到了工作，卻不是他心中裡想的工作。

更糟的是，原本還認為自己值得更好的職業，想要換工作的他，竟然在遞出辭呈前就先被炒魷魚，這讓他覺得萬分難堪。

在做過兩份不同、且自己都不甚滿意，最後還被炒魷魚的工作之後，他決定先回老家換個心情。

想不到回到人口外流嚴重的老家，會與死者再度碰面，在職場受挫後，現在又勾起了他過去不愉快的回憶。

得知死者在當地的社區大學當老師，而且又比以往更受歡迎，林姓兇手心中泛起了老天對自己不公平的想法。

為什麼就連長大後，自己的職業與名望還是徹底不如他呢？

而且，雖然經過整形，變得好看多了，但卻仍然比不上天生有張好臉蛋的死者。

然而，為了趕快重新融入家鄉生活，林姓兇手只好假裝親近死者。

在與死者成為表面上的朋友之後，林姓兇手反而覺得越來越痛苦，在他身邊，自己就好像只是個陪襯品，眾人的眼光焦點，從來就沒有移到自己的身上過。

而死者似乎完全沒有察覺林姓兇手的心情，經常將林姓兇手晾在一邊，不時還會跟林姓兇手講一堆冠冕堂皇的大道理，讓林姓兇手聽了就覺得虛偽噁心。

林姓兇手雖然深深嫉妒著死者，卻也很希望如果自己是他就好了。

某天，林姓兇手趁著死者出遠門，在晚上化妝打扮成死者的模樣出門，想不到一路上大家都把他當成了死者本人。

兩人的體型原本就差不了多少，再加上天色昏暗，雖然當時化妝技術還不夠純熟，但卻也成功瞞過了所有人。

覺得事情似乎很有趣的林姓兇手，便開始練習將自己化妝打扮成死者的樣子，變好看的林姓兇手，要化妝成容貌佳的死者也容易多了。

在調查清楚死者的作息之後，林姓兇手三不五時就佯裝成死者的樣子上街，享受被大家注視的感覺。

原本假扮成死者，是為了要利用死者的身分做點壞事或說些壞話，破壞他的名聲，豈知眾人完全不給機會，一看到是死者就立刻殷勤地迎上來，並與他熱絡聊天，還不時給予讚賞，讓林姓兇手根本沒有下手或開口的餘地。

久而久之，林姓兇手也喜歡上那種假扮死者、被眾人捧在掌心的感覺。

然而，就在一個星期前，佯裝成死者的林姓兇手，發現原本不應該在這時間出現的他，竟然上街了，這樣下去事情一定會曝光。

情急之下，他繞到了死者後面，趁著死者不注意時，拿起地上的石塊重重地給他一擊。

本來只打算敲暈他，但敲了一下之後，腦海中卻浮現了一個聲音。

如果沒有他就好了……

如果沒有他，自己就能徹底取代他，如果他就這麼從世界上消失，自己就能變成他了。

當林姓兇手回過神來時，死者的腦袋已經被他敲爛了。

錯手殺了死者，林姓兇手的嘴角卻露出了一抹微笑，他不慌不忙地先把屍體藏起來，再回去找來具有強酸的化學藥劑，將屍體毀容，讓自己徹底變成他。

從林姓兇手的自白過程中，小琳看到他眼中並沒有後悔，或許他是真的很希望被人關注，這些日子裡也已經真的把自己當成了死者。

雖然兇手的心理狀況已經有些病態，但還算是個配合度頗高的兇手，案子也因此進行得相當順利。

今天到分局之後，只要把剩下的資料整理一下，接下來交給分局的同仁們去處理就可以了。

小琳帶著輕鬆的心情走下通往分局的地下道。

想要過這條馬路，並不一定要走這條地下道，多走幾步路到下一個路口就可以直接穿越馬路了，所以使用這條地下道的人非常稀少，多半只有像小琳這種以分局為目的地的人才會使用。

整條地下道只有小琳一個人。

在這條因為鮮少有人使用而有點年久失修的昏暗地下道裡，一種熟悉又奇怪的感覺突然浮現在小琳的心頭。

從進入地下道後走沒幾步，小琳就一直覺得後面有人跟著自己。

「是誰？」

猛一回頭，身後卻是空無一人。

沒有多餘的氣息與腳步聲，只有空蕩蕩的地道特有的共鳴音感。

這陣子小琳總覺得背後有人跟著，今天其實從早上出門，就一直有類似這樣的感覺。

只是在街上人車往來，感覺還沒那麼強烈，一下了地下道，明明身後沒有人，感覺卻變得特別明顯。

方正特別行動小組所遴選的隊員，都具有陰陽眼。

這些擁有陰陽眼的人，自然對於靈界的感應力都比較強烈。

尤其經過這些日子，站在第一線處理這些常常與靈界交纏在一起的兇殺命案，讓所有成員的靈力與感應力都越來越強大。

而這時，小琳也感覺到了，那個跟在自己身後的不是活人。

這種被鬼魂跟蹤的感應，其實並不是第一次。

畢竟他們處理的案件多半都跟這些鬼魂有關，加上他們辦案的過程，也容易跟這些鬼魂接觸，所以像這樣被鬼魂一路跟隨的經驗，只要是方正特別行動小組的成員，或多或少都有過。

可是讓小琳感到不解的是，這些鬼魂出沒的時間點，大多都是剛接觸案件之際，或者是案情膠著的時候，像這種即將破案的案件，多半不會有鬼魂纏上辦案人員。

難道說，今天將要結案的案件，有什麼地方不對嗎？

如果真是這樣的話，小琳倒是很樂意聽聽這鬼魂想要說什麼。

小琳在地下道停了下來，轉回正面，不再看著身後，靜靜地等待著那個鬼魂，看看他是不是真的有什麼話想要說。

可是等了一會，那個跟在自己身後的鬼魂，似乎沒有現身的打算。

小琳眉頭微皺，一臉疑惑地搖了搖頭，走出地下道，朝分局前進。

到達分局之後，原本應該已經破了的案件，在小琳的要求之下，資料還留在她身邊，剛剛才在分局會合的最後兩名隊員，跟著小琳開始翻閱起這個案件的資料，重新一一檢視所有細節。

畢竟那個地下道裡跟在小琳身後的靈體，並沒有隨著小琳離開地下道就離去。

那種被人監視的感覺，小琳一直都很清楚地感覺到，不只小琳，就連另外兩名隊員也在小琳走進分局時，感應到了。

可是三人卻一直見不到這個跟在小琳背後的鬼魂，他似乎也沒有現身的打算。

為了慎重起見，小琳要兩人一起，把整起案件重新翻閱一次，看看是不是有什麼地方有所疏漏。

可是經過了一個早上的奮戰，三人都沒有找到任何可能有疏漏的地方。

「隊長，」其中一名隊員突然瞪大了眼說：「說不定，他不是這個案件的。」

小琳聽到隊員這麼說，也點了點頭表示認同。

雖然小琳表示贊同，但是心裡卻有種不祥的預感。

因為自從出了地下道，小琳對那個鬼魂的感應力就越來越強烈，而隨著感覺越加強烈的同時，也越來越清楚那個鬼魂的來意。

小琳感覺到這個鬼魂，似乎跟那些想要訴說冤屈的鬼魂不同，相反地，他懷著濃濃的恨意。

只是小琳不知道的是，這股恨意到底是針對自己，還是針對自己手上所經辦的這些案件中的兇嫌。

不過不管是哪一個，都是小琳需要特別留意的。

她可不希望好不容易蒐集到證據可以逮捕的兇嫌，卻被這個跟著自己的鬼魂伺機動了私刑。

想到這裡，小琳不禁想起過去與楓搭檔時期最後處理的那起案件。

就是因為鬼魂動私刑的關係，讓那起案件成了兩人心中永遠的痛。

小琳考慮了一會，對兩名隊員說：「我要你們去通知調查分案的隊員們，要他們有時間就重新檢視一下手上和過去的案件，並且把我們這邊的情況告訴他們。」

「是。」兩名隊員異口同聲答道。

「我覺得這個鬼魂，」小琳沉吟了一會，壓低聲音說：「不太友善。」

3

發現這個跟著小琳的鬼魂之後，所有的案件都要等小琳親自再檢視過一次，才能結案。

一整天下來，小琳與隊員們審視了三個分案，把資料蒐集完成後，將案件資料交給負責的單位。

因為小琳的個性使然，分出去的案件五花八門，然而大部分的分案，都不是什麼太難解的案件，與方正特別行動小組平常所需要支援、大多是離奇與難解的案件，有著天壤之別。

但是這次在這個鬼魂的影響下，讓小琳覺得手上的案件有點問題，因此嚴重影響到結案的時間。

可是仔細研究，也沒能從三個分案中找到任何蛛絲馬跡。

那個鬼魂始終沒有現身，偏偏小琳卻非常清楚地知道，那雙隱藏在黑暗中的雙眸，一直緊緊盯著自己的一舉一動。

他的目的到底是什麼？

為什麼只跟著自己？

這些問題一直縈繞在小琳心中，可是如果他不願意現身說明，小琳也想不出個所以然。

今天一整天就在這樣的情況下過去了，回到家後，那個鬼魂沒有跟進屋內，但小琳清楚地感覺到，他在門口痴痴等著。

這到底是怎麼一回事？

雖然早就習慣鬼魂在生活中徘徊，但此刻小琳還是被跟到心煩意亂。

沒有這次的經驗，或許小琳永遠都不會了解，那些被她跟監了一整天甚至超過一週的嫌犯，他們感覺到的壓力是多麼沉重，心裡又有多麼不舒服。

洗完澡之後，小琳突然想到一個方向。

今天小琳與隊員都是將焦點放在目前手上的案件有沒有什麼疑點或疏漏，導致有些事情可能忽略了。

如果說重點其實根本不在案子本身呢？

這時小琳突然想到一個過去聽過的鬼故事。

有個男子跟友人去喝酒，後來在回家的路上，因為尿急就在路邊撒了泡尿，想不到就因為這樣被鬼魂給跟上了，原因是那個鬼魂就死在那個路口。

如果從這個角度來想的話，會不會是大家在辦案的時候，有些地方沒有注意，不小心得罪了這個鬼魂呢？

小琳打開電腦，將今天所結的幾個案子的備忘錄打開，裡面只有主要支援的這起案件有死者。

可是以大部分的情況來說，死者多半不會刁難這些為他東奔西走、找證據抓兇手的警方。其他三起案件既沒有人受傷，更沒有人死亡，不過如果真要探討到蝴蝶效應，那真的會沒完沒了。

可是……

這時小琳又轉念想到，如果這個鬼魂真的是因為自己或者隊員有所觸犯，那麼以鬼魂的處理方式來說，多半是給點教訓。

如果真的要這樣的話，今天有的是機會，偏偏那個鬼魂又什麼都沒做，就只是有如尚未破案的死者家屬一般，用怨念的眼神在暗中盯著自己。

看著電腦上的案件資料夾，小琳用手指輕輕敲著自己的額頭。

如果不是現在的案件，而是過去已經解決的案子呢？

看著電腦桌面那些過去所處理的案件資料夾，小琳心中浮現這樣的想法。

會不會這個鬼魂是因為過去的某個案件前來的呢？

小琳看了看在這之前、最近所處理過的幾個案件。

在這之前的案件是「兒童餵狗案」，一位有家暴前科的爸爸，因為四歲的兒子一直吵鬧，所以出手毆打想制止他，想不到兒子因此哭鬧得更大聲，而父親也打得更狠更用力，最後將小孩打死了。

母親回家之後，發現小孩被打死，卻在有暴力傾向的老公威脅之下，絲毫不敢吭聲，還被迫和老公一起將小孩的屍體剁成肉醬，拿去餵附近的野狗。

在目擊證鬼提供的證詞之下，小琳派組員進行地毯式搜索，搜遍了經常在他們家附近出沒野狗的地盤，終於找到了被狗埋藏起來的小孩骨頭。

送去化驗後，比對結果出爐，母親當場崩潰，將事情一五一十全盤托出，案子也跟著宣告偵結。

回想起來，整個案件似乎也沒有什麼不對的地方，現在跟著自己的，不像是當時的那個孩子，而他的父母也還在看守所裡等待司法判決。

如果說是更久之前的「屍體掏空案」，或許死者的確有怨恨自己的理由。

幾年前，一名瘋狂的女子，因為前男友甩了她之後沒多久，便與另一名女子訂婚，這讓她感到不解、無法接受，所以親自登門找前男友的未婚妻了解情況。

女子從他未婚妻口中得知，其實前男友在與自己交往的時候就已經劈腿，同時也跟這個未婚妻交往，後來因為這個未婚妻懷了他的孩子，他才草草跟自己分手，而跟她訂婚。

談論的當下，女子發了瘋似的，不斷用難聽的字眼咒罵前男友的未婚妻，後來更是直接對著她的肚子拳打腳踢。

這名未婚妻也不甘示弱，顧不得肚裡的孩子，跟女子拉扯扭打了起來。

打鬥過程中，女子看見這名未婚妻手上的訂婚戒指，硬是將它從她手上扯了下來，聲稱這枚戒指原本應該是屬於自己的，不願還給那位未婚妻。

而未婚妻也被惹惱了，拚了命地將戒指搶回來，為了保護戒指怕又被搶走，情急之下竟然一口將它吞進肚子裡。

女子見狀，不知哪來的想法，居然將這名未婚妻押到廁所洗手台，拚命灌她水喝。

或許是要她吐出來，又或許是要她排出來，女子在灌水無效後，看見馬桶旁的鹽酸，一把拿起又朝她口中灌了下去。

那名未婚妻最後也因此慘死在自家廁所，肚子裡的孩子當然也保不住了。

但小琳處理的並不是這個案件，而是這個案子的後續發展。

這起案件因為是臨時起意，破綻百出，很快就找出了兇手並將她逮捕歸案。

詭異的是，兇手在日前假釋出獄後沒幾天，卻突然離奇身亡。

原本以為是她的前男友，為了幫自己的未婚妻報仇，所以將她殺害，但法醫鑑定結果，死因卻是一般人根本不可能做到的。

女子死亡時，外表完全沒有任何外力的介入，身體完整無缺，就連一點蚊蟲咬傷的痕跡都沒有。

但身體裡，所有的臟器全都像是被刨過一樣挖空了，就好比去籽的木瓜或青椒，只剩下一點內臟的血肉殘渣黏在骨頭與肌肉上。

這種無法解釋的詭異死法，分局只能交由方正特別行動小組來處理。

而負責接管案件的小琳，也很快就知道這是變成厲鬼的未婚妻的報復。

整起案件最困難的地方在於如何對外說明，總不能直接了當地說是鬼魂的復仇，至於案件的其他方面，似乎也沒有什麼缺失。

當然，這起案件之中，那名內臟被掏空的兇手或許可以怨恨警方為什麼沒能保護她，為什麼讓她在已經贖罪過後還是遭到報復，但說穿了，這也是她當初自己招來的結果，硬是要怪到警方與小琳頭上，似乎也有點說不過去。

再說，任誰都不能保證警方能夠保護她不被鬼魂攻擊，畢竟警察是人，對方可不是人啊。

而案件中腳踏兩條船的男子，則是一副事不關己的模樣，在案發之後很快就有了新的女友，在女子入獄至今的這幾年，甚至還結了婚又離婚，目前也有了新的女友。

重新審視過後，小琳認為這名男子與現在跟著自己的鬼魂，應該也扯不上關係。

再來就是與這起屍體掏空案同時進行的另一個案件。

這個案件不涉及鬼魂，卻因為死者是角頭老大的妹妹，警界高層深怕不早點破案，會引起幫派之間的猜忌不滿，導致更多流血衝突，破壞社會和諧，所以直接將案子送往方正特別行動小組，希望能夠在短時間內結案。

由於案件本身其實挺單純的，在有目擊者的指認之下，小琳很快便找到兇嫌就是該幫派的會計師，而會計師也很快地坦然認罪。

目前這名會計師正在監獄中服刑，案件自始至終都沒有什麼問題才對。

這些案件當初在結案的時候，小琳也都有檢查過，而且如果有疑點沒搞清楚的話，小琳也不會隨便結案，此刻當然無法從案件本身看出任何問題。

就在小琳想到一半的時候，刺耳的鈴聲突然響了起來，讓小琳嚇了一跳。

小琳將手機拿起來看了一下，竟然是小造打來的。

因為工作的關係，小造並不常打電話給小琳，多半是由小琳主動打給他。

小造會在這時候打來，的確挺特別的，但是時機正好，此刻的小琳的確需要一個可以商量的人。

誰知道當小琳接起電話，電話的另一端竟然傳來陌生男子的聲音。

「對不起，請問一下是嚴小姐嗎？」陌生男子問道。

「是的，請問你是？」

為什麼有人會用小造的手機打給自己呢？

小琳心中升起了不安。

「是，敝姓羅，是在小造家工作的管家。」小造家的管家說：「很冒昧這樣打電話給妳，但是……」

電話那頭的管家沉吟了一會，緩緩地說：「小造少爺好像被綁架了。」

「什麼！」小琳驚呼。

4

到底是誰？

為什麼要綁架小造？

接到電話後，小琳的心情十分慌亂。

電話中，管家轉述家中傭人的話，表示小造自從昨天跟她看完電影回到家，就一個人待在他私人的小博物館裡。

誰知道過了一天一夜，當傭人到處都找不到小造少爺時，不得已才進去那間小博物館裡面，卻發現少爺不見了。

根據小造家裡傭人的說法，小造常常會待在那間小博物館裡面，一待就是好幾個小時，甚至還有在裡面睡著過夜的情況，因此當天晚上小造沒有從裡面出來，大家都認為小造應該是在裡面睡著了。

另外，小造曾經警告過，沒有他的允許，不准任何人進入他的小博物館，而當他在裡面的時候，也不希望被人打擾。

因此沒有什麼重要的事情，傭人們都不會去敲門找人。

只是小造這次進去，就再也沒有出來了。

等到第二天晚上，當傭人們覺得不對勁，進去找人的時候，才發現小造不見了。

原本還以為第二天，睡著的小造在小博物館醒來後，一早就出門去了，所以才會一整天都沒看到小造少爺。

但是都已經入夜了，不但不見小造的身影，平常要去哪都會讓管家知道的小造，如今卻一點音訊都沒有，才讓傭人開始擔心起來。

由於那個房間專門收藏一些比較貴重的東西，所以平常房門一直都是上鎖的，只有管家跟小造有那個房間的鑰匙。

確定小造一整天都沒回房間，敲了小博物館的門也沒回應，幾個幫傭找上了管家，請他拿鑰匙開門。

誰知道進到裡面，發現的不是小造，反而是找到了被綑綁遮口、專門負責打理小造生活瑣事的幫傭。

因為小造不在，負責打理小造瑣事的幫傭失蹤，自然也就不容易被發現。

在看到幫傭被綑綁反鎖在小博物館裡，大家這才驚覺事情嚴重了。

管家立刻調閱監視器畫面，才發現小造在前一天回到家的半夜，在小博物館裡被幾個蒙著面的歹徒押著，走出大門離開房子。

在得知這樣的情況後，因為小造的雙親目前出國，不在國內，管家當機立斷找到小造的手機，從中查到小琳的電話，並且通知小琳。

這是因為小造非常信賴這個在他們家服務了十多年的管家，所以有關自己的事情，他幾乎都會告訴管家，因此管家非常清楚小造的狀況，當然也知道他跟小琳交往的事情，以及小琳本身就是名警察的事實。

小琳先聯絡了當地管轄的分局，並且通知了大隊長方正，便隨手抓了一件衣服就往門外衝。等到小琳趕到小造家時，大批警力已經抵達現場，並且在現場找尋及蒐集歹徒們所留下來的線索。

小琳問了一下狀況，大概掌握了犯罪的情況。

歹徒大約是在昨天深夜的時候，破壞了住家的保全裝置，潛入屋內，並且鎖定了位在小博物館裡面的小造，將他擄走。

歹徒人數很多，但是行動謹慎、迅速，感覺起來不像是一般的竊盜，反而像是犯罪集團所為。

他們不但可以破壞保全系統，大剌剌地從大門進來，而且進入屋內後，很快就找到了小造。這些都讓警方感到不可思議，與其說是預謀犯罪，不如說根本就像是歹徒在自家玩抓人遊戲。

途中有一名傭人半夜醒來，與歹徒撞個正著，還搞不清楚狀況就被人打暈，綑綁後關進小博物館裡面。

依照他的供詞，歹徒至少有十人以上。

小琳聽完簡報，走入犯罪現場的小博物館裡面。

兩人交往後，小琳就常常聽到小造提起這間小博物館，裡面珍藏的東西沒有一樣是用錢買來的，而是小造與他以前的夥伴到各地冒險時，特別帶回來，具有紀念價值的東西。

小造一直吵著要小琳來參觀，可惜小琳因為工作忙碌，一直沒有機會來。

可是不看還好，一看小琳的眉頭皺得越來越緊。

這是什麼鳥收藏啊？

一排排的玻璃櫃子，小心珍藏著許許多多莫名其妙的東西。

就拿小琳右手邊第一個櫃子來說，裡面裝著一堆石頭，從外面看起來似乎就與其他路邊的石頭沒什麼兩樣。

看著前面的牌子寫著「天堂之門的石塊」。

這是什麼鬼東西，什麼天堂之門？

再把視線往旁邊的玻璃櫃看過去，裡面裝著一個字跡非常模糊的木板，上面似乎寫著日文。

前面的牌子寫著「月見島的人柱紀錄板」。

類似這樣一堆石頭或者一塊木板，讓人實在看不懂到底有什麼價值的東西，全部都被細心地珍藏在這個房間裡面。

放眼望去幾乎全部都是這類的東西，小琳唯一可以認同它可能有點價值的，大概就是在左手邊其中一個玻璃櫃裡面放的東西，可是前面牌子上寫的卻讓她啞口無言。

玻璃櫃子裡面，用架子架著一支毛筆，看起來似乎好像有點價值。

可是它前面的牌子竟然寫著「寫正氣歌所用之正氣筆」。

這毛筆怎麼看都是近代的產物，說這支毛筆就是文天祥當年用來寫正氣歌的毛筆，就算不是古董鑑定專家，也可以明確地告訴你不可能，除非文天祥有時光機，可以來到現代買毛筆。

就在小琳為這些怪異又莫名其妙的收藏，感到不知道該哭還是該笑的時候，地方的員警正準備詢問管家關於犯罪現場的部分，所以小琳也趕緊靠了過去。

「剛剛請你確定過了，」員警問管家說：「請問這裡有沒有什麼東西不見了？」

「有。」管家十分肯定地回答。

管家是除了小造的父母之外，在這個家裡面唯一受到小造邀請、進去小博物館裡面參觀過的人。

「什麼東西？」員警問。

管家用手指著小造放在房間深處的那個玻璃櫃子，小琳靠過去看。

玻璃櫃裡面，有個八卦鏡放在枕頭上，看起來似乎沒什麼不對。

但是當小琳將眼睛移到前面的牌子時，不禁倒抽一口氣。

另一旁的員警不解地問：「裡面的東西不是還在嗎？」

「不，這是那個東西的底座，目的好像是鎮邪之用。」管家指著八卦鏡說：「上面的東西是小造少爺收藏的東西中，最有價值的一個。」

員警側著頭，看著牌子唸道：「……天龍陰玉，是什麼東西啊？」

對其他人而言可能很陌生，但是對小琳來說，這不是她第一次聽到這個名詞。

5

經過警方的搜查，整棟宅邸只有小造跟天龍陰玉失蹤而已。

大約半年前，小造就曾經被小學同學的家族企業所綁架，他們逼他交出來的正是天龍陰玉。

想不到半年後，小造會再度因為天龍陰玉而被綁架，這讓小琳第一個聯想到的目標就是當初綁架小造的戴家。

可是在戴億衡死後，戴家的家族企業由戴家的第三代，也就是小造的小學同學阿勛接管。

阿勛在事後還有請小琳與小造吃飯，當作整起事件的賠罪。

而戴家的家族企業在那之後，就沒有再傳出什麼謠言，一切似乎都回到了正軌。

只是這時小造的失蹤，加上再度消失的天龍陰玉，實在讓小琳沒辦法不聯想到曾經綁架過小造與自己的那間企業。

小琳立刻駕著車，朝該企業本部所在疾駛而去。

各種可能性在小琳腦海裡面浮現。

難道說，當時小琳在調查的時候，有漏掉什麼不法分子嗎？

還是說，繼承家業的阿勛，只是披著羊皮的狼，裝得一副好像誠心道歉的模樣，實際上跟他的父親一樣，計畫著這起綁架案？

可是，當年他們要小造的天龍陰玉，目的是為了延續創辦人的生命，而如今創辦人已經死了，為什麼還要天龍陰玉呢？

該不會其實天龍陰玉還有更多的用處，這次他們的重點是要用在別的地方？

這些無解的答案，在小琳的心中起伏，小琳感覺自己急到整顆心都快要跳出來了。

千萬不要有事、千萬不要有事、千萬不要有事、千萬不要有事……

一旦有了羈絆，就無法專注在案件上。

這是第一次，小琳了解了這樣的感受，這是她曾經告訴自己的話。

楓與小琳兩人，曾經是方正特別行動小組中，最為閃耀的搭檔。

兩人辦案風格迴異，常常對案件有不同的意見與方針，但是兩人卻能夠合作無間，直到那個案件徹底決裂為止。

那是一起殺夫案，死者是丈夫，而兇嫌卻是死者的老婆。

楓建議將嫌犯抓到命案現場，讓那個滯留在命案現場的鬼魂，直接威脅嫌犯，嫌犯肯定會認罪。

但小琳認為，嫌犯其實只有消極的否認，而且殺人的動機，也是因為家暴，不應該用這麼激進的手段。

「為什麼？」當初的小琳這樣質問楓：「妳難道都不能體會別人的感受嗎？」

「因為我知道，」楓冷冷地回答：「一旦有了羈絆，就無法專注在案件上。」

當時的小琳，完全不能體會楓的這句話。

而那也是兩人最後一次爭執，因為在那之後，兩人一直沒有辦法找到合適的證據，將兇嫌定罪。

還來不及讓兇嫌接受法律的制裁，那生前就已經很殘暴，死後又成為厲鬼的死者，在月圓之夜，就將兇嫌殺了。

當消息傳到小琳這邊時，小琳腦海中，又想起了這句楓說過的話。

「一旦有了羈絆，就無法專注在案件上。」

一直都無法理解也無法諒解的這句話，現在小琳正用自己的生命，去體會其中的滋味。

一陣鈴聲打斷了小琳的回憶，小琳回過神來，將車子停在路邊，接起了電話。

「喂？」

電話裡面是一個非常低沉且陌生的男性聲音。

「妳就是嚴紓琳嗎？」男子沒有等待小琳回應，繼續用低沉的聲音說道：「黃松造現在在我們手上，如果妳不想要這輩子再也見不到他的話，最好乖乖跟我們合作。」

第5章·危機

1

「如果妳還想要見到黃松造的話，就不准跟任何人提起我們聯絡妳的這件事。」

電話中那個聲稱自己綁架了小造的男子，這樣告訴小琳。

「想要救黃家少爺，妳在三十分鐘內自己一個人到我給妳的這個地址。」

歹徒給小琳一個地址，並且要她隻身前來，在掛電話之前，還特別強調了一次，他們會派人守著四周，要是看到任何可疑的分子，那麼就會立刻殺了小造。

掛上電話後，小琳猶豫了一會，最後還是決定隻身赴約。

畢竟現在情況還不明，就算真的向大隊長報告或者指揮組員前往包圍，可能什麼人也抓不到，還平白無故犧牲了小造。

就現階段而言，最重要的就是小造平安無事。

只是，小琳不明白，為什麼歹徒要跟自己聯絡？

如果要贖金的話，應該打電話給黃家，怎麼會打電話給自己呢？

而且剛剛電話中的內容也沒有提到錢方面的事，對方要的就只有小琳一個人，感覺就好像其實目標是小琳一樣。

但如果目標是自己的話，為何不乾脆一開始就找自己下手就好了？

比起先前身陷不知道歹徒是誰的五里霧，在歹徒與自己聯絡過後，雖然情況依舊不明朗，但是起碼心中有了點底，讓小琳反而冷靜一點，可以好好思考這些問題。

思考到最後，小琳得到了一個大概可以接受的答案。

首先，從剛剛對話的過程中，歹徒或許不知道小琳的警察身分，畢竟不准小琳跟任何人聯絡，本來就是所有綁架犯都會說的話，不代表知道小琳就是警察。

另外，從小造家中其他人的證詞來看，這似乎是一個專門的犯罪組織下的手，所以自然也猜到，當小造被綁架之後，警方會立刻在黃家各個地方裝設竊聽裝置，所以歹徒會聯絡小琳，或許只是單純因為小琳是小造的戀人。

這樣做的目的當然是利用小琳當成車手或傳話筒，讓她直接跟黃家講價，並且拿取贖金，從綁匪的角度來說，不失為一個好方法。

只是，這樣的推論卻有個漏洞，就是天龍陰玉。

如果單純只是要綁架小造拿取贖金，又何必連天龍陰玉一起拿走？

難道說是看準了天龍陰玉有點價值？

如果真是如此的話，那麼歹徒或許對古董有一定的熟悉度。

就在小琳思考著這些問題的同時，也差不多到了歹徒所給的地址。

這是……

一看到眼前的場景，小琳不禁皺起了眉頭。

這是一個建築廢棄地，那被人蓋到一半、光禿禿的水泥大樓，宛如雙胞胎一樣矗立在其中。

從外觀看起來，的確是個藏肉票的好地點。

畢竟正常人是不會想要進去這種地方，光是從那陰森的外觀，以及透過大門看進去那與人等高的雜草，光是走進去就需要足夠的膽量。

更何況……

以小琳本身的靈力來說，她非常肯定這片土地不乾淨，但是讓小琳感到訝異的是，這麼陰森的土地以及荒涼的場所，竟然沒有半個鬼魂在這裡徘徊。

這又是為什麼呢？

姑且不論這片建築地的狀態，光是從地形上來說，大樓已經蓋有五、六層樓高，只要爬到三、四樓的地方，就可以輕易看到圍牆外面以及對街附近的情況。

這時小琳不禁慶幸自己沒有將這個消息告訴大隊長，或者找其他隊員來支援，不然光是靠近一點，都會被待在樓上的歹徒發現。

雖然慶幸，小琳卻一點也高興不起來。

因為不管怎麼看，這個地方讓裡面的人擁有絕對的優勢，非但不好攻堅，而且十分容易防守。

如果小造真的被困在這裡面，小琳有種絕望的感覺，她想不出一個好的辦法可以救援小造。

不過事情如果像小琳推論的一樣，那麼自己還有一個很好的優勢。

如果歹徒真的不知道小琳就是警察的話，或許，小琳這邊還有一點勝算也說不定。

帶著這樣的心情，小琳將車子停好，緩緩走下車。

對面，那棟宛如雙胞胎的廢棄建築物，矗立在夜空下，靜靜地等待著小琳的到來。

2

任凡的辦公室裡，借婆緩緩張開了雙眼。

她知道此刻在樓下到底發生了什麼事情，這是她輪迴的一部分，也是她必須承擔的因果。

只是就好像凡人一般，借婆也在心裡面盤算，有沒有什麼可以改變這一切的可能。

抬起頭來，眼前是那張任凡常用的辦公桌。

臭小子，要是你現在在這裡就好了。

你的家就要被毀了，你還不快點回來嗎？

想不到，一個權傾黃泉的借婆，竟然會奢望一個凡人的幫助。

連借婆自己都不自覺地苦笑了起來。

但是，在借婆有任何行動之前，時間與輪迴，只會一直繼續下去，就好像小琳踏入這個廢棄建築用地也是如此。

小琳才剛從大門踏進一步，迎面而來的就是兩名黑衣男子。

「妳就是嚴紓琳嗎？」其中一名男子問道。

小琳點了點頭。

「跟我們來。」男子說完轉身就走，另外一名男子示意要小琳跟上去。

小琳跟了上去，另外一名男子也跟在小琳的後面戒備著。

小琳在兩人一前一後的戒備之下，朝右邊那棟廢棄大樓走去。

三人進入右邊那棟廢棄大樓，朝樓梯走過去。

一路上小琳感到怪異，因為從踏入這個建築廢棄地之後，就一直覺得頭暈，四周的景象變得十分模糊，就好像所有的景象都會扭曲變形一樣。

她回頭看了看剛剛進來的門，除了那扇門以及門外的風景非常清楚之外，其他只要是在廢棄建築用地內的景象都是扭曲變形的。

這到底是怎麼一回事啊？

小琳感到不安，但是前後的黑衣男子催促著小琳向前走。

小琳拚命想要克服那扭曲的視覺，緊緊跟著前面的黑衣男子，並且盡可能地注意觀察四周的環境。

很快地，小琳就發現右邊這棟廢棄大樓後方的那片土地，乍看之下，土壤光禿禿地沒有長什麼雜草，但細看土壤表面，似乎很鬆軟，有種一踩上去就會陷下去的感覺。

小琳在心中盤算著，待會要怎麼行動。

進來之後，他們沒有立刻搜身，或要求小琳交出槍枝，小琳幾乎已經確定他們根本不知道自己是警察。

所以不管情況如何，小琳這邊始終都有這個優勢。

小琳非常注意自己的言行與表情，盡可能裝作很膽怯的模樣，不想要讓對方察覺異狀。

現在最重要的，除了確定可以逃跑的路線外，就是小造的安危了。

這時小琳跟著黑衣人上到了二樓，廢棄建築物的二樓連四面牆壁都沒有，如果走在外圍不注意，隨時都會摔到樓下去。

兩人帶著小琳上到二樓後，用手指比著地上的一個點，要小琳站在定點不要亂動。

小琳剛站定，從二樓的深處走出來幾名男子，其中一名男子走在最前面，似乎就是這群人的老大。

「別那麼失禮，」那老大走過來，裝成一副紳士的模樣對小琳身邊的兩名黑衣男子說：「一副兇巴巴的模樣站在人家小姑娘的旁邊，人家是會怕的。」

兩名黑衣人聞言，向後退回到樓梯口，頗有守住樓梯口，不讓小琳逃跑的意味。

「妳覺得我們這麼做是為了什麼？」那老大問小琳。

「為了錢。」小琳不假思索地回答。

「說得很對，」老大裝模作樣地拍了拍手說：「人出來討生活，為的就是錢，求財而已，不需要搞到你死我活。」

聽到眼前這男人這麼說，小琳咬緊了牙，憤恨地握緊了拳頭，但是臉上的表情仍然不改恐懼的模樣。

「所以只要妳跟我們合作，那位公子哥就會沒事。」

小琳抿著嘴，沉吟了一下說：「我需要先確定小造的安全。」

「就照妳說的，」男子揮了揮手對後面的手下說：「把公子哥帶出來。」

男子說完，幾名手下走回後面，過了一會，兩人一左一右扛著一張椅子走了出來，椅子上面有個男子被蒙住眼睛，嘴裡也咬著一條布綁在後腦，被綑在椅子上的，不是別人，正是小造。

「小造！」

「嗚嗚嗚——」

聽到小琳的聲音，小造立刻掙扎蠕動，似乎是在回應小琳。

兩人將小造抬到了老大前面，把綁著小造的椅子放下來。

老大用手示意小琳上前，並且說道：「來，看仔細一點啊。」

小琳聽到老大這麼說，有種想要立刻衝過去的衝動，但是她不想要有任何不妥的反應被他們察覺到，畢竟到現在為止，整體情況對小琳來說似乎比較有利。

雖然在出發之前，為了怕被搜身，小琳特地把槍留在車上，總覺得不是很放心。

但是看現在的情況，似乎不需要槍也可以把小造救出去，只是如果想要兩個人都逃出去就有點困難了。

看到小琳不敢動作，老大更殷勤地說：「別這麼緊張，來，靠近一點，你們幾個退開，讓小姐可以看清楚一點。」

小琳心想：「果然，他們只把我當成了小造的女友。」

既然這樣的話……

小琳在心中盤算著接下來的行動，只要行動夠快，相信一定可以救出小造。

小琳裝作笨手笨腳的模樣，怯懦地朝小造走過去。

「你沒事吧？」小琳輕聲地問小造。

小造被蒙住眼睛又封住了嘴巴，只能點點頭。

小琳抬起頭來用膽怯的眼神看著老大，老大似乎很大方，示意小琳可以更靠近一點看。

小琳見狀，就不客氣地朝小造後面繞過去，用自己的身體擋住了老大的目光。

一旦下定決心，小琳的行動就可以非常迅速。

小琳拿出藏在袖子裡面的瑞士刀，迅速地將小造手上的繩子割斷。

在旁邊幾名隨從都還來不及反應的情況之下，小琳一把抓起小造，二話不說拉著小造就朝外圍退去。

眼看小琳與小造想逃跑，老大身後的幾名黑衣男子也立刻衝出來。

小琳眼見可能來不及跳下去，不管三七二十一，一退到最旁邊，就立刻用力推了小造一把，小造被這麼一推，腳一個踩空，從二樓直接摔下去。

這也在計畫之中，小琳剛剛觀察過環境，小造掉下去的那片土壤應該很柔軟，況且這裡才二樓，應該不會有多大的傷害。

小琳見小造掉下去，正打算跟著跳，誰知道這一跳，卻被人從後面一把抱住，硬生生從空中抓了回去。

被推下去的小造，雖然眼睛看不見，但是雙手已經恢復自由的他，立刻脫下眼罩，抬頭一看，便見小琳被黑衣男給抱住。

「快逃！」小琳對著小造大叫。

小造先是一愣，然後趕緊站起身來轉頭逃跑。

小琳被黑衣男抱住，就已經失去第一個反抗的機會，而她也一直盯著小造，直到小造逃出廢棄建築用地為止，這時旁邊接二連三衝上前來的黑衣男，將小琳整個人壓倒在地，動彈不得。眼看小造已經成功脫逃了，小琳也不想多做無謂的抵抗，反正她知道小造肯定會跑去找她的同事報案。

比起小造，小琳更擅長面對這樣的局面，所以即便只是人質交換，小琳也覺得值得。

「把她綁起來。」老大淡淡地吩咐。

黑衣男熟練地拿來繩索將小琳的雙手反綁好後，才將小琳拉了起來。

原本還以為老大會十分憤怒，但他這時看著小琳不怒反笑，伸出手來拍了幾下說道：「不得不給妳一點掌聲，竟然會用這樣蠻橫的方法來救那位公子哥，可惜啊，真的很可惜。」

小琳不想多加解釋，在這種時候就算表明自己是警察，對情況也不會有半點幫助，說不定反而會更糟。

「可是，」那老大抬著頭彷彿思考了一下，才緩緩將目光重新凝視在小琳身上說道：「妳為什麼不用大腦想想呢？如果我的目標真的是那位公子哥，為什麼還要告訴妳他在哪裡？又為什麼還要妳自己過來呢？」

沒想到老大會這樣問，小琳一時之間還反應不過來。

「哈哈哈哈，」老大突然狂笑了起來，他搖搖頭說：「看來被稱為警界最強的方正特別行動小組也不過爾爾，真是太讓我失望了。」

老大的這一句話，彷彿電流般竄過了小琳的身體。

他們知道我是警察？

「打從一開始，我們會抓那個公子哥，有兩個原因。第一個，就是他手上的這個天龍陰玉。」老大這時手上玩弄著一顆珠子說道：「至於另外一個原因，就是要抓妳啊。」

聽到老大這麼說，小琳不禁皺起了眉頭，完全不了解對方到底為什麼會把自己跟天龍陰玉畫上等號。

難道說，他是戴億衡上身嗎？

「妳還搞不懂嗎？」老大冷笑了聲說：「哼，打從一開始妳才是我的目標啊。」

這點小琳不是沒想過，只是覺得不太可能，難道他們綁架小造只是因為小造比自己容易到手？還是說他們不想跑兩個地方，所以摸走天龍陰玉後順便綁小造，再把自己引過來？

「為什麼？」

最大的疑問是，小琳完全沒見過眼前的這個男人，她不懂自己和他之間到底有什麼過節。

「為什麼？」老大捧著肚子，指著小琳狂笑著說：「哈哈，為什麼？妳問我為什麼？」

小琳冷冷地看著老大恥笑著自己的模樣，卻越看越覺得心寒，怎麼看都覺得眼前這個傢伙，精神狀況似乎不是很穩定。

「天啊，」老大裝模作樣地用手指拭去笑出來的眼淚，猛然指著小琳說：「你們這些人真的太無恥了！你們這樣闖進了我的生活，毀了我的世界，但是你們卻連我的名字都不知道！妳自己說，妳該不該死？你們該不該死？」

小琳冷冷地看著老大。

「我叫涂聖力，妳要記牢了。」涂聖力咬牙切齒地說：「因為這個名字，就是你們的死因。」

不說還好，當老大一說出自己的名字，小琳眉頭鎖得更深了，這個名字對小琳來說非常陌生。

「你們毀了我經營多年的事業，現在我也要毀了你們特別行動小組，這是你們欠我的。」

他激昂地說了一堆，但是小琳的臉上，卻仍然流露著不解。

涂聖力看了看手錶說：「反正距離我下一步計畫還有點時間，我就告訴妳，讓妳知道，你們所犯的錯，是如何害死你們自己的。」

3

這些年來，有一個問題一直是涂聖力想問這世界上所有人的。

這是個關於能力的問題。

從我們進入學校之後，因為大家都還在成長的關係，有些人發育比較快，有些人發育比較慢。

對那些發育比較快的人來說，他們比其他小孩有力，也長得比其他小孩高大。

在這種天生的優勢下，這樣的孩子，比較容易產生以蠻力來使人服從或認同的傾向。

我們對於這樣的現象，稱之為「霸凌」。

這種狀況現在不單單只發生在肢體上，有些同學口才比較好，喜歡取笑同學，這也是一種言語霸凌。

這種行為於現今社會已是普遍存在，也因此將其列入了教育輔導的範圍。

然而，人活在世界上，就好像動物一樣，永遠都在競爭，永遠都在求生存。

即便文化如何發達，社會如何開化，這種情況，其實只是換一種方式存在而已。

霸凌簡單來說，就是一種以自己的優勢，去欺負比自己劣勢的人，在不平等的情況之下，讓人感覺到不舒服或受傷。

如果肢體或言語都可以形成一種霸凌，那麼成績呢？

有些同學真的比較擅長讀書，考試每每都可以得高分，得到老師的喜愛、同學的青睞，還不需要自己去爭取，也會有老師們快快樂樂幫他們排名次，讓他們可以知道自己是如何的高人一等。

這，算不算是一種霸凌呢？

霸凌與否這條界線，有時候，實在很難劃得清。

這件事情在涂聖力的人生中，體會特別的深。

如果可以，涂聖力最想問全世界的人，就是這樣的一個問題。

不要說其他的，就拿個最簡單的透視能力來說好了。

你敢保證，如果給了你這種超乎常人的能力，自己絕對不會濫用嗎？

俗話說，天生我才必有用，天無絕人之路。

這些話，在涂聖力耳中，都是屁。

如果每個人死後，都有一個機會面對上帝的話，涂聖力早在十歲，有自主思考能力之後，就知道要對上帝說些什麼了。

他會先向上帝鞠個躬，然後給祂代表著全世界共通語言的中指，並且大聲地說：「去祢媽的上帝，我是哪裡對不起祢了，祢要這樣對我？」

打從那個十九分開始，涂聖力就知道自己不適合讀書。

小學的時候，涂聖力的爸媽就不對他抱以任何希望，別人總分加起來有三、四百分，他卻只有十九分。

他沒有特別不擅長的科目，而是爛得很平均。

他不是智障，但是也差不了多遠；他不是殘障，但是也差不了多遠；他不是醜男，但是也差不了多遠。

偏偏他的差勁，不到讓人同情的地步。

也因此，如果這個世界真的有最不讓人同情的傢伙，他肯定是世界第一等。

所有人不管是誰，總是會認為，他就是「可悲之人必有可恨之處」的最佳寫照。

對於這種天生的劣勢，他沒有那種心情想要轉變，甚至很乾脆地想，既然不會念書，那就學壞吧。

偏偏，他連遊走在法律邊緣的世界中，也是屬於最底層的。

不是當皮條客的車夫，就是當那種場子裡面負責打掃的小弟。

就連討債時負責潑漆的工作，多半是由那些剛入行的小弟來執行，他卻一做做了三年。

如果要說他在混邊緣人的日子裡面，有什麼值得紀念的話，頂多就是一個角頭老大曾經稱呼他為那個誰誰誰，到舞池裡面去清理一個酒家女的嘔吐物。

這是他唯一可以被那些大人物們使喚的可能。

最後，就連拉他入行的老大，都覺得他不適合這一行，最後派他去顧小攤子，賣賣色情光碟。

而他的老大，在讓他去顧攤子之後，就徹底忘了他的存在。

就這樣，他成為了一個專賣色情光碟的小攤販，一賣就是好多年。

如果沒有發生那件事，他恐怕會賣到老死為止。

老大給涂聖力的攤子，就在一家舊書攤的旁邊，而那家舊書攤的老闆，是一個年紀很大的老頭。

在一個寒冬的晚上，那老頭突然在舊書攤猝死了。

當時的店家，為了可以快點將攤位租給下一個人，所以拜託涂聖力幫忙將攤子清理乾淨。

涂聖力心想不賺白不賺，就找來幾個朋友，一起將書攤清空。

在清理的過程中，其中一個朋友發現了一個箱子，裡面裝了很多或是泛黃、或是破損、或是蟲蛀、或是皺摺，一看就知道是上了年代的書籍。

發現的那個人原本以為是寶，但是將裡面的書籍打開來看，竟然都是空白的，讓他大失所望。

可是涂聖力拿過來一看，卻清楚看到裡面的文字。

不但如此，在場的所有人之中，只有涂聖力一個人看得到裡面寫的東西，這讓涂聖力覺得很新奇，於是就自己保留了那個箱子。

涂聖力將那個箱子拿回家，翻開裡面的書籍時，更不可思議的事情發生了。

有些書籍是用古文寫成的，還有許多生澀的中文，明明涂聖力應該都看不懂，但是他卻不知道為什麼，非常清楚上面所記載的內容。

後來，當然他也從那些書籍中，得知了這其中的原因。

原來這些書籍，是很久以前的一位王室貴族蒐集的，裡面所記載的全部都是真材實料的法術與風水術。

對於這些民間信仰，一直抱持著寧可信其有的涂聖力，出於好奇，隨便選了其中一個風水術來實驗看看。

想不到這一試，竟然真的靈驗了。

就這樣，他靠著書中帶給他的風水術與密術，展開了他傳奇的嶄新人生。

從一個小算命攤開始，他神準的預言與高超的法力，立刻受到很多人的崇拜。

而涂聖力的收費也跟著水漲船高，到最後只有幾個固定的客戶，可以負擔得起他的費用。

而涂聖力也利用這個法術，計畫為自己帶來權與錢。

在錢的方面，涂聖力最重要的財源收入，就是戴億衡的家族企業。

他幫助戴億衡奪取他父親的財產，並且獲得了信任之後，戴家也支持他開公司。

可是萬萬想不到戴億衡與他的風水術，竟然會被警方瓦解。

戴億衡慘死，而他雖然躲過一劫，但是頓時失去了財源收入，讓他龐大的開支，立刻捉襟見肘。

至於權的方面，他的客戶中，有一個家族，為了讓自己過世的先人復活，花了整個家族好幾世代的漫長歲月，希望可以完成這個法術。

終於到了這一代，就只差臨門一腳，最後他們找上了涂聖力。

涂聖力在書籍裡面，找到了可用的法術，不計一切幫助他們。

因為涂聖力知道，他們的先人復活之後，必定可以為他帶來強大的權。

畢竟他們的先人，可是歷史上有名的呂后啊。

可是，涂聖力卻作夢也沒想到，就連這個計畫，也被警方破壞了。

更讓涂聖力無法接受的是，破壞他兩個最重要客戶的單位，竟然是同一個組織——方正特別行動小組。

雖然對涂聖力來說，只要有法術，這一切要從頭來過並不算太難。

但是在重新開始之前，他立誓要讓這個小組的所有成員，不得好死。

他要讓他們這輩子再也沒有機會阻擋他的權、財。

4

想不到過了半年，同樣的痛苦抉擇，又降臨在小琳的隊員身上。

幾個小時前接獲小琳男友黃松造被綁架的消息，小琳一度緊急召集隊員，想不到在得知天龍陰玉遭竊之後，小琳竟然丟下所有的隊員，獨自駕車離去。

這一去便音訊全無。

所有的隊員在調查告一段落之後，全部都回到總部，等待著小琳的下一步指示。

可是一直等到現在，都沒有接到小琳的命令，而方正與佳萱又因為辦案的關係不在台北。

小琳的隊員除了著急之外，也不知道該如何是好。

就在小琳的隊員群龍無首時，楓帶著幾個組員回到了本部。

一看到楓回來，小琳的隊員就好像看到救世主般，蜂擁上前想要向楓說明現在的狀況。

想不到他們還沒開口，門口就匆忙跑進來一個熟悉的身影。

「救、救命……」那男人才剛進門就上氣不接下氣地說：「他、他們抓走小琳了。」

這個人不是別人，正是昨天才剛被綁架的小造。

在小琳將他推下一樓之後，他拚了命地朝外面跑。

他不敢有半點遲疑，因為他知道如果連自己都被抓回去的話，就沒人可以告訴其他人小琳與歹徒的下落了。

所以小造拚了命地跑，一直到跑到安全距離，順手攔了一輛計程車，直奔方正特別行動小組的本部。

楓一聽，立刻要手下去扶小造。

眾人將小造扶到會議室裡面，小造喘了幾口氣，便開始滔滔不絕地將自己如何被綁架到一座廢棄建築物中、小琳是如何隻身前來救他等事情，全部告訴了楓。

楓聽完之後，要小造描述一下那些人的模樣。

小造將其中那個帶頭男子的長相描述給她聽，楓越聽越覺得不對勁。

楓揮了揮手，要手下拿東西過來，後面的隊員立刻從手上的資料夾中，拿出了一張照片交給楓。

楓將照片放到小造面前說：「你仔細看清楚，綁架小琳跟你的人，是不是這個人？」

小造皺著眉頭看著照片，過了一會，嘴巴越張越大，用力地點著頭說：「對！就是他！」

想不到真的是他。

楓抬起頭來看著天花板。

「求求你們，快點去救小琳吧。」小造叫道。

「當然，」楓淡淡地說：「這就是我們現在第一優先要做的事情。」

楓說完，轉過頭對著她的副隊長說：「小婷，妳立刻聯絡所有組員，要他們馬上回到本部集合。」

「是。」

楓交代完後，轉向小琳的隊員們說：「現在你們隊長有難，我想你們就先接受我的指揮，一起把你們隊長救出來，有沒有問題？」

小琳的隊員異口同聲回答：「沒有！」

「嗯，」楓點了點頭說道：「你們先下去著裝準備，在等待其他人回來本部的期間，小婷妳把我們剛剛蒐集到的資料，先影印發給大家看，至少讓大家先了解一下。」

「我、我可以跟你們一起去嗎？」小造問楓。

楓緩緩搖了搖頭說：「你最好還是先回家，等我們聯絡比較好。」

小造低著頭，一臉洩氣的模樣。

當然小造非常清楚，這種時候本來就應該把事情交給警方去辦會比較好，但是小造實在放心不下小琳。

可是事到如今，似乎也只能這樣了，小造沮喪地點了點頭。

「不過在你回去之前，你先跟我過來，我有一樣東西要交給你。」在小造臨走之前，楓這麼跟他說。

5

涂聖力將自己的後半生告訴了小琳。

當然，他沒有講述自己人生的前半段，畢竟那是涂聖力人生最大的恥辱。

他只有把他跟戴家企業，還有呂氏後人的事情告訴小琳。

原來涂聖力的目標打從一開始就是小琳等人，這完全出乎小琳的意料之外。

不過這樣倒也說明了為什麼他們會順手拿走天龍陰玉。

畢竟當初戴億衡綁架小造，就是為了搶奪天龍陰玉，只是當時的戴億衡，還算是比較膽小的罪犯，不敢如此明目張膽，不像涂聖力這樣直接上門擄人，所以沒有發現他要找的天龍陰玉，其實就在小造家裡。

而從這一次涂聖力的順手牽玉中，小琳也相信天龍陰玉在他的法術裡，必定有很多可以運用的地方。

「現在知道你們多該死了嗎？」涂聖力說完，用一張高傲的臉孔凝視著小琳說：「就像我一開始問妳的，妳覺得我們的目的是什麼，妳也說是錢了。妳不知道擋人財路，會是什麼下場嗎？」

「那又如何？」小琳滿不在乎地說：「我一點也不覺得我們有任何地方對不起你。你是個罪犯，我是個警察，我們本來就是漢賊不兩立，抓你是我的職責。」

「喔喔喔，好厲害喔。」涂聖力冷笑著說：「那我請問一下，我先前犯了什麼罪？風水有罪嗎？妳要告我會法術嗎？哈哈哈哈，不要笑死人了。」

「或許過去沒有，但是現在你已經犯了罪。」

「那又如何？」涂聖力冷冷地說：「妳以為你們抓得了我嗎？不要忘了，現在被綁著的人是妳啊。告訴妳吧，妳以為真的是因為妳出手才救到那個公子哥的嗎？是我放走他的，目的就是要讓他去通風報信，告訴妳的同伴。」

小琳聞言，沉下了臉瞪著涂聖力。

「只要他們敢帶著大隊人馬過來，我就當場殺了妳，讓他們後悔一輩子。」

「殺了我，你也別想逃掉。」小琳冷笑地說。

「錯，」涂聖力笑著說：「我已經在這裡布下了風水陣，沒有我的帶領，出去不難，但是進來卻非常難。尤其這兩棟大樓非常的相像，只要妳的同事像無頭蒼蠅那樣衝進來，不管他們怎麼走，都上不了二樓的。」

小琳聽了，臉色變得慘白，因為剛剛在進來的時候，小琳的確有這種詭異的感覺，她知道涂聖力所言不假。

「所以如果他們敢衝進來的話，我就讓他們一個也無法活著出去。」涂聖力笑著說。

「哼，你不用太得意，就算你放走小造是為了引我的組員來，可是，你卻錯估了對手。」

小琳冷笑著說：「就算你布下了風水陣，你也不會是楓的對手。因為她可是我們方正特別行動小組的驕傲啊！」

第6章・逆轉

1

「來了！」

經過了一陣子的沉默，一名黑衣男子跑上二樓，將這樣的消息帶到涂聖力與小琳耳邊。

黑衣男子跑到了涂聖力耳邊，交代了一下。

涂聖力聽完，冷笑了一聲，轉向小琳說：「看樣子，你們方正特別行動小組，都是這種頭腦簡單、四肢發達的傢伙。」

小琳瞪著涂聖力，不予置評。

「妳還可以解釋成被我威脅，所以才會隻身前來。」涂聖力一臉似笑非笑的表情說：「可是妳說的那個你們方正特別行動小組的驕傲，竟然也是隻身前來，讓我真的想問……你們都是豬腦嗎？」

由於楓對外人來說是最好辨認的一個，已經蒐集過方正特別行動小組資料的涂聖力，當然很清楚「風、林、火、山」這四組組長的長相。

光從楓那包得密不透風的誇張打扮，就可以確定來的人是楓。

只不過外人，包括涂聖力在內，他們不知道的是，楓雖然是辨識度最高的，但她的底細卻是最難以摸清的。

而聽到楓隻身前來，小琳心中不禁感到驚訝。

畢竟就小琳所了解的楓來說，總會善用所有資源、調度人力，以求破案。

「好！」涂聖力拍手叫道：「既然她有勇氣隻身前來，那我就會一會她，看看妳口中的驕傲有多麼了不起。」

涂聖力說完，指揮了兩名部下要他們下去接楓。

過了一會，楓在兩名黑衣人的帶領下，來到了二樓。

此刻楓的打扮跟往常出任務時一樣，穿著風衣、戴著口罩與太陽眼鏡，怪異的模樣連黑衣人都不禁議論紛紛。

涂聖力挑眉看著楓說道：「我早就知道妳習慣這身打扮，只是我一直搞不懂妳為什麼要堅持這樣的打扮，是因為長得太醜不敢露面，還是因為有什麼隱疾？」

涂聖力這麼一說，後面的黑衣人們也跟著笑出來。

然而，當小琳聽到了涂聖力這麼說，心頭震了一下。

——贏了。

小琳打從心底發出勝利的歡呼，嘴角也不禁露出了一抹微笑。

就在小琳這麼想的同時，楓也開口說道：「你們真的想知道嗎？」

「想啊，當然想。」後面的幾名黑衣人起鬨道。

但是突然察覺事情似乎有點不對勁的涂聖力，臉色一沉，正打算制止，卻為時已晚。

只見楓輕輕用手一拉，口罩與太陽眼鏡一起被摘了下來，一張美豔動人的臉龐露了出來。

笑聲戛然而止，全場鴉雀無聲。

這是因為楓的長相，天生就擁有讓男人瘋狂的能力。

當知道楓隻身前來，小琳就猜到楓打算這麼做。

畢竟，她一定可以從小造那得知，這些黑衣人，幾乎清一色都是男人的情報。

楓的這種能力，連她自己也不知道為什麼，只知道除了有陰陽眼的人之外，幾乎所有男人在看過楓的真正容貌後，無不為她的長相瘋狂。

而涂聖力是在場除了楓與小琳以外，唯一擁有陰陽眼的人。

當他看到楓脫下面罩，的確也被楓的美貌震撼，但是卻沒有到失心瘋的地步，只是他此時仍然不知道，在楓做了這個動作後，整個主導權已經徹底轉變了。

楓完全不理會其他人，轉過身朝小琳走去。

「喂喂喂，」涂聖力見狀立刻清醒，大吼道：「妳瘋啦！誰准妳過去了！不准動！再動就別怪我不客氣了！」

楓卻充耳未聞，步伐不疾不徐，就連被綁在椅子上的小琳，臉上也掛著一抹詭異的微笑。

涂聖力不解，對著其他的黑衣人吼道：「開槍啊！你們發什麼愣！」

可是黑衣人卻沒有人對涂聖力的命令有反應，所有人仍然目不轉睛地瞪著楓，眼神充滿痴狂。

楓就這樣走到了小琳身後，拿出刀子不疾不徐地割著綑綁小琳雙手的繩索。

這時連涂聖力也察覺到不對勁了，用力打了其中一個黑衣人的後腦勺，叫道：「我叫你們開槍！沒聽到嗎？」

楓緩緩抬起頭來，對著黑衣人說：「有人要欺負我了，你們不幫我嗎？」

想不到楓這麼一說，所有黑衣人宛如被操縱的機器人般，同時轉頭瞪著涂聖力。

涂聖力被眼前這恐怖又詭異的一幕嚇了一跳，不敢再多說什麼。

這到底是什麼恐怖的能力啊！

這時涂聖力才知道，原來在楓拿下口罩與太陽眼鏡的那一瞬間，局面已經轉變了。

涂聖力向後一跳，搶了一名黑衣男子手上的槍，瞄準楓便立刻開槍。

其中一名黑衣人見狀，朝涂聖力一跳，幫楓擋住了子彈。

其他黑衣人也全部湧向涂聖力，一方面保護楓不被他射中，一方面也舉起槍來準備反擊。

涂聖力見狀，二話不說立刻朝自己人開槍。

其中幾個黑衣人被涂聖力射倒，涂聖力見苗頭不對，轉身朝走廊深處逃去。

這時楓終於解開了小琳身上的繩索，小琳重獲自由後，才剛站起身來，就看到涂聖力手上拿著一把黑漆漆的東西，朝這邊衝過來。

兩人定睛一看，涂聖力手上拿的竟然是一把射速相當快的烏茲衝鋒槍。

想不到涂聖力手上會有如此強大的火力，小琳與楓互看一眼，立刻朝樓下逃。

其他黑衣人在楓的魅惑下，朝涂聖力開槍。

涂聖力也不甘示弱，拿起衝鋒槍由左而右掃射自己人。

一場激烈的槍戰就此展開，而小琳跟楓則是頭也不回地朝樓下奔去。

只要能夠先逃出去，就算涂聖力可以死裡逃生，楓也有超過十種以上的方法可以把他找出來。

趁著涂聖力與部下內鬨的這段時間，楓跟小琳，不作他想地朝出口跑去。

身後的廢棄大樓傳來陣陣的槍響與叫囂聲，兩人不敢稍加停留，深怕一個轉頭又被現場所設下的風水陣迷惑。

這個風水陣能出不能進，所以兩人看準了出口的方向，死盯著出口向前衝。

兩人好不容易衝出出口，卻彷彿來到另外一個世界。

回頭看著那塊廢棄用地，竟是靜悄悄一片，就好像兩個世界並沒有相通似的。

兩人彎著腰喘了幾口氣，剛站起身，想要轉頭先逃離這裡再說，誰知道小琳一回頭，就看到楓被一個黑影掐住脖子，整個人騰空而起。

這是……

小琳立刻認出那個掐著楓脖子的黑影。

他就是這幾天一直跟在自己身後的那個惡靈，更讓小琳驚訝的是，他的臉孔，小琳一點也不陌生。

2

幾個月前，一起震驚黑道的殺人案件，在北台灣引爆了。

死者是個北部角頭老大的妹妹。

由於身分敏感，所以這起命案立刻引起黑白兩道的騷動。

許多江湖傳言甚囂塵上，諸多陰謀論也應運而生。

眼看一場腥風血雨即將降臨，警政署署長緊急招來方正，希望他可以接手調查。

大家都希望方正可以在黑道盲目火拚前偵破此案，平息一場風波。

原本方正屬意要將案子交給楓，畢竟說到精準、迅速的辦案，就是楓最擅長的。

但楓卻因為手上的案件，並不在台灣。

在時間緊急的情況下，方正將案子交給小琳。

小琳接到案件後，立刻著手調查。

死者所住的地方，也算是門禁森嚴的社區住宅，可是調閱監視器畫面後，卻沒有得到任何可靠的線索。

案情雖然一度陷入膠著，但是小琳卻也不是毫無頭緒。

她清查了死者的交往關係後，將目標鎖定在其中一名嫌犯身上。

那名嫌犯名字叫做柯文豪，是角頭老大，也就是死者哥哥信賴的一位會計師。

從調查中小琳得知，這個柯文豪與死者交往甚密，一開始是因為業務的需要，角頭老大透過柯文豪每個月拿生活費給妹妹。

但是，常常有人看見柯文豪半夜時分才從死者家中離開。

雖然命案當天，沒有證據證明柯文豪進出過死者的家，但小琳卻在訊問時，感覺柯文豪有所隱瞞，所以對他展開徹查。

後來的確有證據指出兩人正在交往，而且小琳也相信這是死者哥哥所不樂見的，所以推斷柯文豪的確有行兇的動機，但偏偏就是一直找不到柯文豪涉案的證據。

在無計可施的情況下，小琳下達全面跟監令，使出她最擅長的背後靈式追蹤法，日以繼夜派三組人馬死盯著柯文豪。

想不到，這次小琳的這種背後靈式追蹤法，竟然立下了奇功。

在小琳的指揮下，跟監小隊日以繼夜跟著柯文豪，意外在一天晚上發現他竟然埋伏想殺害一個人。

小琳的組員當下阻止了柯文豪，也救了他鎖定的目標。

調查後發現，那個目標是個有前科的小偷，與柯文豪也有一點生意上的往來。

聽說死者的哥哥有些時候，會將一些值錢的貨物，例如一些欠債人家拿來抵債的東西交給柯文豪，讓他去處理。

而本身沒有銷貨背景的柯文豪，就會請一些小偷來幫忙銷貨兌現，而這個小偷便曾有過幾次跟柯文豪合作的經驗。

雖然柯文豪聲稱兩人是因為生意上的一些糾紛，才會起爭執。

但小琳卻覺得另有隱情，於是偵訊了小偷，才從小偷口中得知整起案件的始末。

原來該名小偷在死者死亡當天，正巧就在死者對面行竊。

想不到好死不死，竟然在爬水管準備離開時，目睹柯文豪殺害死者。

由於該名小偷入行多年，行竊經驗老到，自然在下手前就已經摸清楚許多情報。

畢竟哪些家可以偷，哪些家不可以偷，只要有點經驗的小偷大概都可以嗅出味道。

所以他當然知道柯文豪殺死的是什麼人，因為那戶住宅是黑道老大妹妹的家，早就被他列為不能偷的對象。

而他竟然在這個時候，目睹了這起兇殺案。

更糗的是，當他準備脫身、趕緊逃離時，與四處張望的柯文豪對上了眼。

柯文豪當場就認出他是誰，並且在案發之後，四處想要找尋他的下落，以便殺人滅口。

好不容易掌握小偷的行蹤，卻不知道自己已經被跟蹤的柯文豪，反而自己帶著小琳找到了這個目擊證人。

案子因此宣告偵破，柯文豪也因為殺人罪入獄服刑。

只是小琳不懂的是，明明人應該在監獄的柯文豪，為何此刻會變成惡靈出現在這裡。

3

楓在柯文豪鎖喉攻擊下，瞬間失去了抵抗能力。

由於柯文豪已經是鬼魂，所以楓的魅力對他全然無效。

柯文豪掐暈楓後，將她甩在路邊，朝小琳走過來。

「如何？」柯文豪恨恨地問：「被人這樣跟著的感覺如何？」

小琳看著柯文豪，仍然不知道他到底為什麼會變成鬼魂。

「你是什麼時候死的？」小琳問。

「有差嗎？」柯文豪恨恨地說：「我是殺了老大妹妹的人，妳自己說，我還活得下去嗎？」

聽到柯文豪這麼說，小琳瞬間明白了。

就算關進監獄，那種地方角頭老大會拿他沒辦法嗎？黑道無法找人進去把他處理掉嗎？

她還記得當時逮捕柯文豪時，他看自己的眼光是多麼充滿怨恨。

畢竟事後他向檢察官供稱，因為死者打算跟自己的大哥坦承這段戀情，兩人因而發生爭吵，最後他一怒之下打了死者一個耳光，死者極為光火，所以打電話想跟自己的哥哥告狀，他情急之下才錯手殺了死者。

或許在法律的層面來說，他不至於被判死刑，但是偏偏他殺死的是角頭老大的妹妹。

他入監服刑，卻因為三天前的一場「意外」，奪走了他的命。

「在妳抓我的時候，」柯文豪憤怒地說：「我就已經被妳判了死刑了！」

死後，柯文豪心有不甘，認為自己錯手殺人，卻落得這樣橫死。

更重要的是，警方明明沒有任何證據，只會用跟監這種下三濫的手段，利用他找到目擊者，讓他更是不甘心。

於是死後，他變成鬼魂，拒絕鬼差的帶路後，就一直跟著小琳，他要小琳也嚐嚐被人跟著的滋味。

現在，眼看小琳有危險，他知道自己的機會來了。

他現身的目的只有一個，就是要小琳死在這裡。

柯文豪狠狠一拳打在小琳的臉上，小琳想閃卻沒能閃過，被鬼魂的這一拳整個打飛出去。

這也算是一種現世報嗎？

想不到向來執著跟著嫌犯的小琳，竟然會被死掉的嫌犯反跟蹤，而且挑在這種時候現身動手。

接踵而來的災難，不但讓小琳完全失去抵抗力，更讓她措手不及。

柯文豪輕易地就撂倒了小琳，眼看小琳倒在地上，他一躍而上，撲到小琳身上，雙手緊緊掐住了她。

被掐住的小琳，轉頭看著倒在路旁的楓，想不到最後自己還是難逃一死。

現在她只希望，楓不會受到牽連。

小琳揮舞著手，想要撐開柯文豪的雙手，但是總是使不上力。

意識越來越模糊，視野也跟著越來越小。

「不准插手！」一個熟悉的聲音傳入小琳已經模糊的意識中，「她們兩個是我的。」

在這熟悉的聲音過後，小琳突然聽到柯文豪哀號了一聲。

在哀號聲過後，小琳突然感覺那股掐住自己喉嚨的力道消失殆盡。

瞬間獲得解脫的小琳，用力地吸了幾口氣，視線也恢復正常。

只見廢棄建築物的入口處，涂聖力走了出來，手上拿著一面鎮鬼用的山海八卦鏡對著柯文豪。

看樣子黑衣人的小手槍，果然還是比不上射速快、火力強的衝鋒槍。

「不！」柯文豪求饒道：「我們是同一國的，我們有共同的敵人啊！」

無視於柯文豪的求饒，涂聖力仍然用山海八卦鏡照著柯文豪說道：「誰要跟你這種廢物小鬼同國！她們是我的！不准你插手！」

柯文豪這個倒楣鬼，就這樣被涂聖力用山海八卦鏡給照到魂飛魄散。

畢竟他才剛成為鬼沒有多久，一切還在熟悉中，如果等到他老練一點，或許還可以躲過這樣的攻擊。

只是他作夢也沒想到，從某個角度來說，他也算是幫了涂聖力，但是涂聖力卻絲毫不領情，照樣照他個魂飛魄散。

這完全是因為涂聖力在剛剛發生了那些事情之後，有了全新不同的盤算。

死裡逃生的小琳掙扎著想要坐起身來抵抗，但涂聖力一個箭步衝上前，用衝鋒槍的槍柄朝小琳狠狠地敲了下去。

這一敲，小琳失去了意識，跟楓一樣暈倒在路邊。

看到小琳暈過去，涂聖力才稍微喘了口氣。

想不到楓竟然能夠擁有如此的魅力，可以立刻讓自己所有忠心的手下像是失心瘋般反過來對付自己。

這的確讓涂聖力捏了把冷汗，可是運氣始終站在涂聖力這邊，看著躺在地上暈過去的楓，涂聖力有了全新的計畫。

他打算利用楓的這個能力，為自己獲得更恐怖的權力。

試想看看，如果自己能控制楓，接著讓楓在電視機前面露臉，利用她身上的這種魔力去操控自己以外的男人，不就等於自己間接控制了所有男人嗎？

從剛才的情況，只有黑衣人被楓迷惑，自己與小琳都不受影響，涂聖力判斷女性可能不受楓的影響，而自己則是特別的，就像只有他能看到那些古書的內容一樣。

於是涂聖力認為，自己是被選中的人，這些古書與楓的存在，就是要讓他利用的！

他記得在那些書籍裡，有一整打可以控制他人的法術與風水術。

只要能夠順利控制住楓，那麼他的計畫就能成功。
想到這裡，涂聖力的嘴角勾起一抹恐怖的微笑。

4

方正搖搖晃晃地坐在椅子上，佳萓也同樣搖搖晃晃地坐在方正旁邊。
兩人經過了一天的勞累，不管環境如何險惡，依然互相依靠著對方而睡。
吵雜的水聲與馬達聲交替著，仍舊無法喚醒抓住時機熟睡的兩人。
一陣不應該在這裡出現的聲音，傳到了兩人耳中。
在這吵雜聲中，那陣清脆的響聲，宛如鬧鈴般喚醒了兩人的意識。
兩人睜開惺忪的睡眼，互相看了一眼，臉上都寫滿了不明白。
因為在這裡，不應該會有那種柺杖敲擊著地板的響聲才對。
就在兩人納悶的同時，一個熟悉的大人物出現在兩人眼前。
「借婆？」方正一臉狐疑地說。
借婆手上拿著她最具代表性的八卦杖，突然出現在兩人面前。

「你們聽清楚了，」借婆一臉嚴肅地說：「你們的手下石娞楓被人挾持了，那人打算靠她身上那妖魔的魅力，去控制所有的男人。」

方正與佳萓聽到借婆這麼說，都驚訝地張大了嘴。

借婆不理會兩人的反應，繼續說：「你們只有三小時的時間，如果你們不能從涂聖力手中救出你們的手下，那麼很抱歉，我會在情況失控之前，殺了石娞楓。」

「什麼！」兩人異口同聲地大叫。

方正看了看四周，眼前盡是一片汪洋，先不論要搞清楚借婆口中說的那件事，光是這種情況，要兩人瞬間趕回台北，幾乎是不可能的任務。

方正與佳萓兩人為了辦一件離島的案件，從早上忙到晚上，正準備搭船回台灣，想不到竟然在海中航行的船上，得到借婆帶來這樣的消息。

「這……」方正看著四周海天連成一線的景色叫道：「三小時的時間會不會太短了？」

「這不是我訂的時間，」借婆冷冷地說：「我只能說，我必須在他在楓身上施法前，就把楓殺了，不然就無法阻止他了。」

「為什麼？如果妳可以殺人的話，為什麼不乾脆直接殺掉那個涂什麼的就好了？」方正不解地問。

「因為，他之所以有今天，」借婆沉著臉說：「也算是拜這根八卦杖所賜，所以我無法殺了他。」

「這……」方正聽了，皺起眉頭，沉吟了一會說：「這也太不公平了吧，明明是妳……嗯，又要我們，這……」

本來方正是想說，明明是妳的錯，卻要我們來承擔。

但是在借婆面前，方正完全不敢這麼說，只能支支吾吾半天。

「對於這點，」借婆低著頭冷冷地說：「我不想多作解釋。但是，如果不是你們利用自己陰陽眼的優勢來辦案，這種事情也永遠不會發生，不是嗎？」

被借婆這麼一說，方正也無言了。

類似的話，方正也聽任凡說過。

但是，事情似乎也沒有那麼簡單。

或許打從一開始，是方正的錯沒錯，不過在許多事情過後，方正特別行動小組的存在，似乎已經不單單只是方正一個人的意願了。

看著借婆的臉，方正知道爭論已經沒有任何意義了。

「船、船長！」方正拉高嗓子對著上面的船艙吼道：「開快點，算我求你！」

佳萱則是愣在當場，死命地瞪著借婆。

正打算開口的同時，借婆八卦杖向下一敲，在佳萱開口表達任何意見之前，消失得無影無蹤。

方正手忙腳亂地指揮著船長加速，心急如焚的心情完全寫在他的臉上。

船隻加速在海面上狂馳，整艘船也彷彿快要解體般，發出駭人的聲響。

高速的船隻碰觸海面所激起的水霧與浪花，弄濕了船上所有人的臉龐，風吹拂而過，讓人不自覺想要拉緊衣領禦寒。

然而在寒冷的海風中，佳萱的心中，只有熊熊的怒火。

佳萱對借婆的情緒幾乎已經快要爆發了。

到底憑什麼，這女人可以這樣玩弄著人類？

可是這個問題，就連佳萱都知道，自己可能永遠無法了解。

5

涂聖力綑綁了楓與小琳之後，當機立斷捨棄那塊陰地，將兩人搬上車，朝另一個地點出發。

涂聖力原本的計畫是讓楓與小琳死在那塊陰地，然後讓她們成為能被自己控制的惡鬼，再去殺害方正特別行動小組的大家長，白方正。

但在知道楓有這樣不可思議的能力之後，涂聖力捨棄了那個計畫。

然而，要更改計畫不是一件簡單的工程，尤其在失去那麼多手下之後，涂聖力一個人將小琳與楓，帶到了另外一個他準備好的地方。

位於山坡上的一棟小豪宅，附近沒什麼鄰居，而它獨特的地理位置與裝潢，讓涂聖力確定就算在裡面進行槍戰，也沒有多事的左右鄰居會報警。

涂聖力在失去戴億衡這個重要客戶之後，就一直物色一處新的基地，因此在對方正特別行動小組出手之前，臨時決定買下這棟豪宅，以備未來所需。

原本打算在殺光他們後，在這邊展開自己的新生活，所以這棟豪宅就連涂聖力的手下都不知道。

涂聖力把小琳與楓搬到了地下室的車庫，將兩人綁好後，打開隨身攜帶的平板電腦，開始查起資料。

為了方便使用，涂聖力早就節錄書籍中一些重要的資料，存在平板電腦裡，以便隨時取用。

涂聖力查了一會，找到了一個非常適合用來控制楓的風水法術。

記下法術需要的東西，涂聖力又確認過小琳與楓還沒清醒後，便先到樓上去準備。

車庫裡，小琳緩緩地張開雙眼。

眼前的一切讓小琳感到陌生。

車庫是一個圓形的空間，涂聖力特別裝潢過，就連用來停車的車庫，也不能忽視風水，畢竟這可是涂聖力最擅長的事情。

一根根石柱形成的圓形，區隔出一個又一個的停車空間，並且讓整個車庫在停滿車子的時候，看起來就好像太陽般光芒四射。

而在這些圓形的柱子中央，此刻放著一把椅子，椅子上低著頭暈過去的，正是楓。

小琳則是雙手被反綁在柱子後面，動彈不得。

小琳看了一下四周，確定沒有其他人的身影後，將腳向後抬高，盡可能讓自己的手可以碰得到。

小琳平常就會將一把瑞士刀藏在自己的鞋跟後面，這是她長年不離身的配件。

小琳將腳伸到後面，從鞋跟挖出了瑞士刀後，很快就割斷了綁在自己身上的繩子。

小琳脫困之後，立刻跑到楓的身邊，割開楓的繩子，試圖要搖醒她。

可是搖了幾下，楓都沒有半點反應。

小琳讓楓靠回椅背上，開始四處察看環境。

車庫的鐵門已經拉下，所以如果想要出去，就只能走通往屋內的那條路，可是不用想也知道，上面肯定會有人守著。

小琳四處找了一下，發現在車庫的角落，有一堆雜物，小琳走過去想找找看有沒有什麼可以利用的東西。

想不到一靠過去，就看到一樣非常好用的東西。

一把手槍就這樣擺在雜物堆上。

小琳一看就知道這跟那些黑衣人所用的槍枝是同一個款式，應該是那些人棄置在這裡的。

小琳將槍拿起來，簡單地檢查了一下，卻有點失望，槍枝雖然沒有損壞，但退出彈匣後發現裡面只剩下一發子彈。

不過聊勝於無，小琳將彈匣裝回槍內，正準備上樓用這一發子彈跟涂聖力拚輸贏，猛一回頭，涂聖力早已靜悄悄地站在小琳的身後。

涂聖力冷不防一把搶下了小琳手上的槍，順勢用背在身上的衝鋒槍，狠狠地往小琳的下巴敲。

好不容易出現的一線生機，就這樣在一瞬間消滅了。

「妳媽的，」涂聖力指著被打倒在地上的小琳咒罵道：「妳這頑固的女人，都到了這種時候妳還想反抗，好，那我就先對付妳。」

涂聖力拿出了手機，對小琳說：「妳以為我會這樣讓妳們走嗎？別的不說，我故意放走那個公子哥，妳以為我會就這麼饒過他嗎？告訴妳吧，我讓他幫我傳完話後，又派人抓住他了，現在他正被我囚禁在那片廢棄工地裡。」

涂聖力咬牙切齒地說著，一邊撥打電話。

「喂，是我，他人呢？」涂聖力對著電話那一頭的人說。

涂聖力聽了一會，轉過頭來對小琳說：「我現在就要妳付出代價，我要妳親耳聽到妳男人死亡的聲音！」

涂聖力說完，對著電話說：「動手！」

小琳一聽，整張臉倏地慘白，瞪大著眼不敢置信地看著手機。

「砰！砰！」手機裡清楚地傳來了兩聲槍響。

「不要！」小琳尖叫道。

看到小琳崩潰的模樣，涂聖力得意地笑著，將手機收回口袋。

涂聖力將手上的手槍退出彈匣，把槍身丟向右邊，彈匣丟向左邊。

小琳愣愣地坐在地上，徹底失去了反抗的力量。

涂聖力不急著殺小琳，眼看他已經徹底傷了小琳的心，他打算要她好好品嘗一下這股悲痛，然後才殺了她。

涂聖力轉過頭看了楓一眼，此刻的楓仍然被反綁在椅子上，低著頭沒有醒來。

涂聖力滿意地點了點頭，拿出平板電腦，把剛剛計畫好要對楓使用的風水術叫出來，準備開始擺陣。

就在這個時候，一個身影突然閃過涂聖力眼前，那個身影不是別人，正是剛剛涂聖力才確認過還被反綁在椅子上的楓。

楓的繩索在小琳脫困後，就已經被小琳割開了，而就在剛剛小琳哀號的同時，楓也回復了意識，只是為了讓涂聖力鬆懈，所以楓才假裝自己仍然被反綁著暈過去的模樣。

涂聖力完全沒有想到，一直暈過去的楓，竟然會在這個時候，突然撲了過來。

他原本還以為楓要襲擊他，立刻向後一退，想不到楓只是朝他手上一打，將他手上的平板電腦打落在地。

涂聖力還沒回過神，只見楓一打落他手上的電腦，立刻用力踩著電腦，彷彿那台電腦才是綁架她們兩個的元兇似的。

平板電腦在楓的踩擊下，裂成兩半，裡面的零件散落一地。

楓這樣的行為不但讓涂聖力傻眼，就連原本還沉浸在悲痛中的小琳也是一臉不解。

確定平板電腦都被踩爛了，楓才抬起頭來對著涂聖力笑著說：「我的任務已經完成了，這下子，我看你有還有什麼把戲。」

「哼。」涂聖力搖搖頭冷笑了一聲。

涂聖力這才曉得原來楓似乎知道自己所要用的法術需要查那台平板電腦裡的資料，所以才把目標放在電腦上。

只可惜，電腦本來就只是圖個方便而已，真正的那些古書，涂聖力將它鎖在自己其中一個家中的保險庫裡。

「對我沒差，只是麻煩一點。」涂聖力不屑地說。

「算了吧，」楓笑著說：「你以為我們真的什麼都不知道嗎？涂聖力先生。」

完全沒料到楓的態度會有如此大的變化，涂聖力抬起頭來，凝視著楓。

「你沒聽過一句話嗎？」楓仍舊笑著說：「天堂有路你不走，地獄無門闖進來。就算你沒有綁架小琳、對我們出手，我們也已經鎖定你了。你這就叫做飛蛾撲火，懂了嗎？」

這一番話不要說涂聖力不相信了，小琳也覺得楓是在逞強，才會說這種話。

果然涂聖力聽了，只是冷冷地一笑。

「看樣子你是不信啊，」楓冷冷地說：「你這個考試只有十九分的笨蛾。」

「什麼？」涂聖力聽到之後，原本冷笑的臉瞬間沉了下來。

「我們連你小學的成績都查清楚了，你覺得呢？十九分的笨蛾。」

這下子涂聖力再也笑不出來，可是他卻完全不曉得楓到底是怎麼知道的。

第７章・犧牲

1

一切都從小琳當初處理的「飛頭鬼火案」開始。

雖然小琳的調查鉅細靡遺，將該企業所有不法的事情全都調查清楚了，但楓卻發現其中有一個非常重要的疑點，是小琳所沒有發現的。

出身豪門的戴億衡，如何知道這個失傳已久的風水術？

可惜的是，小琳在這方面並沒有詳加調查，畢竟篤信風水的戴億衡，跟他接觸過的風水師，沒有一百也有五十個。

要從這麼多的風水師中，找到正確的人，有如大海撈針。

有可能是一個人，也有可能是十幾個人共同鑽研出來的結果。

可是楓深信這其中有一個風水師，肯定會類似的風水術，並且從中謀取暴利。

一向不會這樣衍生案件的楓，卻第一次打算介入調查，因為不知道為什麼，楓總覺得這個沒有露面的風水師，隱藏著恐怖的危險。

於是楓分出了兩人小組，要他們遍尋台灣分局，看看有沒有類似的案件。

她給的特徵就是久病不死的親人，與家境不錯或者位高權重的家庭。

她相信這個風水師一定不可能只有戴家一個客戶，而這樣的風水術也不可能只用過一次。

果然經過這麼長的一段時間，被她找到了相同的案例，正是那個親手殺害自己久病多年父親的案件。

從嫌犯的口中，楓得知那個風水師不但為他們家改了祖墳，而且還變動了家裡的風水。

那個風水師設下風水陣的步驟十分繁瑣，甚至到了連風水師自己都要查資料的地步。

雖然嫌犯一開始覺得這個風水師，似乎是個神棍。

但是在他擺好了風水陣之後，不只老父親的狀況，就連嫌犯自己都感覺到一股不尋常的氣流，讓整個人變得清爽有活力。

然而，這樣的情況沒有維持太久，老父親的狀況，雖然不再惡化，但是彷彿從此進入了時光的真空隧道，不再有任何變化。

沒有好轉，也沒有惡化，就這樣度過了十多年的光陰。

疾病一直折磨著老父親，但是不管如何折磨，即便老父親身體已經在這些病痛中老化到沒有半點抵抗的能力，卻帶不走他那如風中殘燭的生命。

那一晚，在嫌犯決定幫老父親解脫，當自己拿起了枕頭時，他告訴楓，他清楚地看到了老父親眼中感謝的光彩，這讓他知道自己做了一個正確的決定。

而楓針對那個風水師介入的情況，以及嫌犯家中的狀況，也做了相當深入的詢問。

在問訊之後，楓非常清楚地知道，這一切的情況就好像當初的戴家企業一樣。

身為長子的嫌犯，既是公司的繼承人，也是老父親最信賴、最仰賴的人。

看準了這一點，二弟才會找上那個風水師，目的就是為了謀奪家產。

他們先讓身為大哥的嫌犯，放下企業的經營，到父親床邊陪伴老父親。

本就很孝順的大哥，也因為接下來能盡孝道的時間不長，因此接受了弟弟的建議，放下工作回到了父親的身邊。

但是接下來的發展，卻是這個大哥始料未及的。

那就是老父親雖然早就被醫生宣布活不過一個月，才會帶回家安養，卻萬萬想不到這一拖竟拖了十多年。

這一切都是因為那個風水師，使用了與當時在戴家企業同樣的失傳風水術來延命的結果。

在這段時間，弟弟理所當然地接管了家族的一切，而老父親這邊因為一直沒有解脫，就好像一具枷鎖般，緊緊綁住了大哥。

然而，楓非常清楚，要使用這樣的風水術，必須用到非常大量的人命來交換。

所以確定了以後，楓立刻派人前往調查。

果然在幾名風水師的協助下，順利找到了他們家族的祖墳，並且從裡面找到了許多屍體。

而嫌犯的弟弟也被以殺人罪嫌逮捕，並且接受了楓的偵訊。

在楓那無法抗拒的訊問術下，楓清楚地掌握了那名風水師的線索。

楓立刻派組員去摸清楚這個風水師的底，結果意外發現，就連呂后事件中的嫌犯古佳節，竟然也是這個風水師的客戶之一。

只是楓沒有想到的是，原本以為好不容易抓到的罪犯，楓還沒有找上他，他竟然已經先找上了方正特別行動小組，而且下手的目標就是小琳。

當小造上門來求救時，對這個風水師涂聖力，楓已經差不多都摸清楚了。

不只有他的現況，就連他刻意想要埋藏的過去，都查得非常清楚。

於是，楓立刻召回全組隊員，進行嚴密的任務分配。

而她的目標，不只這個在背後使用風水術大賺黑心錢的涂聖力，還有一個更遠大的目標。

而楓的調派，也是以這個目標為主，這更是涂聖力這輩子無法想到的。

2

對著愣在原地的涂聖力，楓冷冷地說著。

「打從一開始我就在想，你是個連黑道都不想要的可憐蟲，又沒學過風水，甚至連國中都沒畢業，到底是怎麼學到這樣的風水術？」楓攤開手搖了搖頭說：「就好像是執業律師還是要查法條跟法案一樣，我知道你一定需要查詢那些東西。那麼複雜又精密的步驟，我不相信以你那顆腦袋可以記得住。所以我知道，在你的身後，肯定會有這麼一本書，記錄著這些風水術。」

小琳這時也在後面點頭冷笑，因為跟楓搭檔過的小琳，非常清楚楓最擅長的就是在與歹徒對立之前，摸清楚歹徒的底細，甚至是歹徒的個性，然後選擇最適合的辦案方法。

「而我一路上所策畫的，就是為了毀掉那本書。」楓流露出輕蔑的神情說道：「畢竟，如果連你都能濫用，那麼那本書的存在，會是人世間最恐怖的一件事情。」

涂聖力緊閉著嘴，冷冷地看著楓。

「我會在這邊跟你合作，只為了兩個目的，第一個目的是用我們來牽制住你。」楓淡淡地說：「你一直以為是你押著我們，但是實際上，你卻反而是被我們押著，我們在哪裡，你就得在哪裡。所以趁著你跟我們在這裡的這段時間，我已經下令所有的手下，查封你的辦公室與三間住所，並且要他們搜出那些書，把它們摧毀。」

楓拿出手機，按了幾下，將螢幕轉到涂聖力眼前。

涂聖力一看，整個臉瞬間慘白。

因為手機上顯示的畫面，有兩個他最寶貝的東西，一個正是他用來裝那些書籍所用的木箱，另一個則是被他偷走的天龍陰玉，也一併被找到了。

聽到這裡，涂聖力已經氣到渾身都在發抖了。

楓無視涂聖力的反應，繼續說道：「至於第二個目的，當然就是要摧毀你隨身攜帶、用來記錄你從那些書上抄來的法術的平板電腦，只要摧毀這兩樣東西，我相信就可以徹底斷了你跟這些法術的線。」

原來這才是楓的目的，一旁的小琳頓時豁然開朗。

打從一開始聽到小造對犯人及綁架地點的描述，楓就已經知道該怎麼做了，會隻身來營救小琳，一方面是為了讓其他人去找書，另一方面她也早就料到在那樣的荒廢工地，一整群人過去反而危險。

「現在的你，只是一個普通的地痞流氓而已，而且還是最沒用的那種。」楓一臉不屑地說：「因為你是個不學無術的傢伙，就算那些書在你身邊那麼多年，我敢打賭，不靠那些書，你甚至連一個簡單一點的法術或風水術都記不住。」

涂聖力冷笑了一聲，然後倏地變臉，將背上的衝鋒槍朝前面一舉，對著兩人瘋狂掃射起來。

楓與小琳反應很快，立刻躲到柱子後面。

「妳這賤女人！」涂聖力氣到臉紅脖子粗地斥道：「妳以為妳們可以活著離開嗎？出來！

給我滾出來！」

想不到楓竟然會這樣譏諷嫌犯，讓小琳也算是開了眼界。

兩人躲在這個足以遮蔽兩人的大柱子後面。

「妳學壞了。」小琳對楓苦笑搖搖頭說：「又是摧毀證物，又是這樣用言語譏人。」

「還不是跟妳學的。」楓笑著說。

「如何？」小琳聳了聳肩問道：「妳接下來還有什麼招嗎？」

楓苦笑搖搖頭。

一切就好像兩人搭檔時期一樣。

楓與小琳跟阿山與阿火的搭檔不同，兩人一直都是意見不合，但兩人總是能夠在吵吵鬧鬧中，出其不意地抓到嫌犯。

而阿山與阿火，就好像水火同源般不可思議，兩個人的個性渾然不同，但是卻不會彼此影響。

相較之下，小琳與楓兩人個性雖然也不同，但是卻彼此影響，到最後終究還是水火不容。

如果真要追根究柢的話，兩人之所以會決裂，也是因為相互的影響，已經動搖到本身的價值觀了，才會引爆這必然的結果。

就好比這次的計畫，根本就是小琳那種為了抓到犯人、不顧一切犧牲代價的做法，一點也不像楓會做的策畫。

然而，知道原因之後，小琳也知道，那本書要是繼續流傳在人世間，會有多麼嚴重。

「現在呢？拿那把槍嗎？」小琳問。

楓點了點頭。

偏偏那把槍的槍身與彈匣，一個在車庫的左邊，一個在車庫的右邊。

但是這對長期站在第一線對抗歹徒的楓與小琳來說，並不是件太難的事情。

「準備好了嗎？」小琳問。

楓點了點頭。

「你有風水，我們有默契！」小琳對守在外面的涂聖力叫道。

小琳說完將外套朝柱子外一舉，果然吸引了涂聖力連發的炮火，與此同時，楓也衝出柱子外，朝下一根柱子奔過去。

涂聖力見狀立刻將炮火轉向楓，只是在炮火捕捉到楓之前，楓已經躲在下一根柱子後面了。

而當涂聖力的炮火尾隨著楓的同時，小琳也立刻朝反方向的柱子衝出去，等涂聖力轉過來要射小琳時，小琳也已經在下一根柱子後面躲好了。

就好像阿山熟悉每個深藏在阿火體內的靈魂一樣，楓與小琳這兩個隊長，在搭檔時代最為人熟悉的，就是互補與默契。

因為了解，所以才會有那麼多嫌隙，但是一旦將這些嫌隙放在一邊，兩人之間的默契，只能用無懈可擊來形容。

一進一退，神出鬼沒。

當一方被瞄準的時候，另外一方就會把握機會從這根柱子，移動到另外一根柱子，很快地，就這樣一左一右到達了目標的柱子後面，兩人分別拿到了槍身與彈匣，又是故技重施，用相同的方法準備回到原位去會合。

就算涂聖力再笨，在這一連串的掃射之後，也看出來小琳與楓的把戲了，偏偏車庫只有一個出口，涂聖力一邊射擊，一邊向後退。

涂聖力退到了門口，就杵在那裡。

而此時，原本一左一右的小琳與楓，也回到了同一根柱子後面。

「哼，找死。」涂聖力冷哼了一聲說。

只要守在門口，兩人就絕對無法出去。

先前兩人一左一右，才會讓涂聖力無法兼顧兩邊，現在兩人又集合到同一根柱子後面，他只要守株待兔就可以了。

涂聖力將槍口對準了柱子，只要楓跟小琳再敢冒出頭來，他肯定會當場擊斃兩人。

這一次，他再也不會讓兩人用同樣的方法來躲避了，他會看清楚之後再開槍。

小琳與楓在柱子後面會合，同時將槍枝與彈匣合體。
可是槍只有一把，而且子彈也只有一發。
兩人互看了一眼，不需要溝通，也知道該怎麼做。
小琳將彈匣裝回槍上，然後將槍一轉，槍柄朝楓一比，示意要她拿槍。
楓笑著握住小琳的手，搖了搖頭。
「就讓我這麼一次吧。」楓苦笑著並且拍了拍自己的胸脯說。
小琳點了點頭。
因為，小琳非常清楚楓的習慣。
記得那是在兩人剛開始搭檔的時候，小琳對楓說的話。
「妳真的很不知道變通耶，其他不要說，如果這個組織裡面，有任何人可以跟隊長說不想穿防彈衣，那絕對是妳。」
看到楓要穿上防彈衣，小琳這樣告訴楓。
「妳就已經要穿那麼多東西了，又是風衣又是口罩的，還要穿防彈衣，嫌犯還沒傷害妳，妳恐怕就已經悶到內傷了。」
楓苦笑著回應小琳，但是仍然將防彈衣穿上。
從加入方正特別行動小組開始，楓就不曾在值勤時，不穿防彈衣。

只因為一個簡單的原因，方正曾經說過，要他們這麼做。

就因為這樣，不管對錯，不管方不方便，即便身邊的人，總是只在有危險任務的時候才會穿，楓還是會在執行任何勤務前都先穿上防彈衣。

是的，就算當了小隊長，楓的習慣也不會改變，這就是楓。

所以當楓拍著胸脯這麼說時，小琳就非常清楚，她身上穿著防彈衣。

而小琳卻老是嫌笨重，所以很少穿上防彈衣。

眼看其中一個很可能會有中槍的危險，雖然小琳的腳程速度無話可說，但畢竟是和子彈賽跑，這種情況下，當然由穿防彈衣的楓來當跑鋒會比較安全。

這一次，兩人都非常清楚，涂聖力一定會看清楚目標才射擊，所以一定得要真人當餌才行。

既然決定了由楓當餌，兩人也不再多說。

不需要一二三，也不需要彼此眼神的交流。

楓跟小琳的默契，從彼此的呼吸就可以知道。

在一呼一吸的轉換之中，兩人一起控制著彼此的節奏，當呼吸同步的那一剎那，不需要任何交流，當作餌的楓一轉身，從柱子後面衝了出去，隔一個呼吸的節奏，小琳從另外一邊出去。

一確定楓衝出來，涂聖力的槍口立刻對準了楓，一秒數發的衝鋒槍，就這樣朝楓的方向掃射過去。

子彈在楓身後的牆壁留下的彈孔痕跡，宛如一條蛇，直直朝楓移動的身影追過去。

一連串瘋狂的掃射，宛如雨點般的子彈，朝楓而來。

楓躲也躲不了，身上立刻被三發子彈打中，衝擊力將楓震倒在地上。

與此同時，小琳也拿著槍衝了出來。

涂聖力看到立刻想將槍口轉過來，但是為時已晚，當他看見小琳打直手上那把槍的同時，一發子彈從槍口竄了出來。

他只感覺到頭部好像被一支看不見的鎚子敲中，不自覺地向後一仰，映入眼簾的是一片黑暗。

那發子彈精準地貫穿了涂聖力的眉心，打穿了他的腦袋。

小琳靠過去，確定涂聖力確實死亡後，慌張地拿出手機，試圖要撥打電話給小造卻無法接通。

著急得想立刻衝出去的小琳，卻被楓阻止了。

楓看了看手上的機器說：「不用那麼擔心。」

在一切平靜下來後，一陣汽車的引擎聲由遠而近，最後在車庫的門口停下。

3

就在楓、小琳與涂聖力周旋的時候，小造被人五花大綁在這個黃泉界頗負盛名的廢棄工地中。

想不到自己才剛離開特別行動小組本部，走沒幾步路，又被這群惡匪綁上車。

這些人將小造再度綁回椅子上後，就悶不吭聲地等待著。

在這段時間裡面，小造只能哀怨著自己的人生為何永遠都是被人制伏的命。

想不到過了幾個小時，男子接到了一通電話。

那名男子對著電話應答了幾聲後嘴角微揚，一手將電話舉向小造，另外一手舉起了槍，朝小造連開了兩槍。

砰、砰！

震耳欲聾的聲音，不但傳到了眾人耳中，也透過電話傳到了另一頭。

子彈準確地打中小造的胸口，巨大的衝擊力將小造連人帶椅一起打倒在地上。

掛上電話，男子要大家準備準備，離開這裡。

這時兩個人靠上前來，準備把小造扛走。

「不需要把他帶走，」那個帶頭的男子說：「就把他丟到下面那堆雜草裡吧。」

男子這樣命令，兩人把小造架起來，抬到邊邊，將小造往下面丟。

小造被丟出去之後，朝下面加速度墜落，兩人杵在牆邊看，想要看看小造的死狀，這一看卻看呆了。

「你們在發什麼愣啊？走啦！」眼看兩人把小造丟下去之後，竟然還愣愣地站在牆邊，男子不悅地催促道。

兩人回過頭來，看著男子指了指下面，嘴巴顫抖著說：「他、他……浮……」

兩人半天說不出半句話來。

男子一聽覺得奇怪，走過去一看，只見到原本應該被摔在草中的小造，竟然凌空飄浮著。

這到底是怎麼一回事啊？

就在三人一臉納悶時，外面突然傳來槍響與騷動。

「你們是什麼人？」

那男子回過神來，將眼光看往另外一棟大樓，原來在另外一棟大樓之中，有兩個女人竟然在沒有涂聖力的帶領下，闖進了這個風水陣中。

更讓男子訝異的是，兩個女人似乎半點也不受風水陣的影響。

來的這兩個不是別人，正是小造過去的好夥伴，茹茵與小晴。

事實上，昨天與小琳的約會小造會遲到，就是為了接茹茵的機。

就在剛剛兩人把小造往下丟時，早已經學會如何跟鬼魂溝通的小晴，立刻讓身邊的兩個鬼魂前去救小造。

而原本在這裡的風水陣，在茹茵的眼裡只是小兒科，兩人進來不但立刻將八卦鏡打破，而且在茹茵的帶領下，兩人走進這個風水陣中，連一點風吹草動的影響也沒有。

男子見兩個小女子竟然敢闖進這個地方，立刻對樓下的黑衣人們叫道：「殺了她們。」

原本凌空的小造，這時朝著另外一棟大樓飛去，而茹茵與小晴也上了二樓，穩穩地接住了小造。

小造這時雙眼緊閉，似乎沒有了氣息。

兩個鬼魂將小造放下之後，小晴對著兩個鬼魂鞠了個躬說道：「謝謝你們的幫忙喔。」

這時，男子率領著黑衣人的部隊，也一起趕到了左邊大樓的二樓。

眼看兩個女人毫無防備，他揮了揮手要大家散開。

「看妳們往哪裡跑。」

眾人排成一橫排，擋住了樓梯。

一整排的人，用槍枝對準了小晴與茹茵。

但是小晴與茹茵卻不把眾人當一回事，自顧自地解開小造身上的繩子。

「不准動！」男子怒斥著兩人道：「我看妳們真的不知道死字怎麼寫，叫妳們不准動沒聽到嗎？」

男子叫著叫著，眼中卻突然出現了一陣閃光。

「嗯？」

明明是夜晚，哪裡來的亮光？

正當男子還疑惑著閃光從哪裡來的時候，站成一排瞄準著小晴跟茹茵的黑衣男，紛紛發出疑惑以及金屬落地的聲音。

「嗯？」

「啊咧？」

「怎麼會？」

男子將頭向前一湊，想看清楚大家到底為什麼發出這些聲音。

這一看，男子整個都傻眼了。

只見一整排人手中拿著的槍枝，都只剩下槍柄還握在手上。

低頭一看，所有槍的主體都斷落掉在地上。

這時男子順勢看過去才赫然發現，有一個男人就站在眾人的左手邊，那男人手上還握著一把沒有出鞘的武士刀。

這個人不是別人，正是日前到日本去修練刀術，小造以前在特殊事務所的夥伴——少傑。

剛剛少傑俐落的一刀就瞬間砍斷了眾人的槍身。

這些日子，茹茵與少傑到日本去修行，一個學會了陰陽術，一個學會了刀劍術。

而少傑手上的那把刀，正是在天堂之門中，那個上一代贈予他的愛刀。

「你們呢？」少傑笑著說：「你們又知不知道死字怎麼寫？」

眼看手上的槍枝沒了作用，男人立刻指著少傑，命令黑衣男們去對付他。

「上！」

一聲令下，黑衣人全部丟掉槍柄朝少傑衝過去。

少傑拿著刀的手，自始至終都沒有動過，只用一隻手，就撂倒了所有衝過去的人。

男子甚至連少傑怎麼出手的都沒有看清楚，就看到所有朝少傑衝過去的人，宛如洩了氣的氣球般，一個個軟倒在地上。

這些人到底是什麼人啊！

「嗚……」

從來沒見過這麼恐怖的對手，男子雙腿一軟，整個坐倒在地上。

不但如此，坐在地上的他，身子仍不住地顫抖，就好像見到鬼那般恐懼。

4

在擊斃了涂聖力之後，眼看電話一直沒有辦法撥通，小琳緊張地想要衝出去找小造。

一旁的楓卻阻止了她，楓看了看手上的機器說：「不用那麼擔心。」

外頭汽車的引擎聲停了下來，車庫鐵門隨之緩緩開啟。

一輛車子就停在兩人眼前，後座的門被打開來，一個熟悉的身影走下了車。

「小造！」小琳驚喜地叫道。

看著小琳跑過去的背影，楓站在後面，微微地笑了。

那一抹微笑，似乎無法完全表達楓此刻心中那些憂傷與苦澀，但卻著實帶著歡喜與祝福的心情。

這一笑，就好像當年跟小琳搭檔時流露出來的笑容一樣，如此自然。

果然，只有在小琳身邊，楓才能夠找到真實的自己。

小琳握住小造的手，難以置信地問：「為什麼？你不是被他們又抓回去了嗎？」

這時從車子上又下來了一男兩女，其中兩名女子小琳曾經見過，當時小造在醫院的時候，小琳就是誤把兩人當成小造的女友，才失望離開的。

「多虧我過去的夥伴們及時趕到。」小造比了比少傑等人說。

在知道小琳交了男朋友之後，楓因為擔心小琳受騙，便私底下對小造進行了深入的調查。不調查還好，一調查之下不得了，小造過去所待的特殊事務所曾經接過千奇百怪的案子，而且他的四個夥伴中，有兩個還是政府列管的危險人物。

不過看小琳跟小造在一起幸福的樣子，似乎也沒有什麼令人不安的事情發生，楓也就沒有將這些事情告訴小琳，默默地看著兩人發展。

而這次楓早就算到了，涂聖力很有可能又會派人把小造抓回去滅口，因此特地派一名隊員暗中跟著小造回去，並且告訴他，如果小造遇到危險，一定要先通知自己，千萬不要貿然行動，然後再通知小造的朋友們。

楓口中交代的小造的朋友們，指的就是少傑等人。

想不到才剛離開不久，小造真的就被抓走了。

在聯絡不到楓的情況下，楓的隊員還是趕緊照著楓的指示，聯絡少傑等人。

而小造那邊順利解決之後，該名隊員因為聯絡不到楓，擔心楓這邊的狀況，便帶著小造及他可靠的朋友們，透過楓隨身攜帶的發信器，一起追蹤來到這裡支援。

「可是他們怎麼會知道……」小琳一臉不解地問。

「因為小造身上穿著妳搭檔的防彈衣，」少傑指著小造說：「妳搭檔在防彈衣裡面裝了追蹤器，所以我們一接到妳同事的電話，立刻與妳的同事們會合，很快就鎖定了小造的所在地。」

原來小造在離開本部的時候，楓特地交給小造的東西就是防彈衣。

「為什麼？」

小琳拉開了小造的外衣，果然看到那件熟悉的防彈衣。

「她是什麼時候給你的？」小琳心頭一凜。

「就是我去求援的時候，她要我回去等他們的消息，然後臨走前，她把這件防彈衣交給我，並且讓我現場穿好，才讓我回去，想不到我在半路就被抓走了。」

可是這不是小琳心頭一凜的原因，因為這件防彈衣，小琳知道，是楓專屬的，為了能夠在背心外面，再加上一層風衣，所以楓的防彈衣是特製的，比起其他防彈衣都還要薄上許多，如果是一般的防彈衣，楓根本穿不了。

如果楓的防彈衣在小造的身上，那麼……

身後，一直站在遠處看著眾人的楓，再也支撐不下去，雙腿一軟，整個人倒在地上。

這時天才緩緩亮起，曙光逐漸照耀屋內，小琳的心卻蒙上一片灰。

小琳回過頭，楓軟倒的模樣，彷彿一把利刃在心中緩緩地劃過去。

那三發子彈，在毫無防備的情況下，確實打入了楓的體內。

「楓！」

見到楓倒地，小琳大聲叫道，並且朝楓衝了過去。

小琳扶起了楓的上身，這時情緒激動的小琳，淚水也跟著潰堤。

「為、為什麼？」

小琳想問的是，為什麼妳沒有穿防彈衣不跟我說？為什麼還要當餌衝出去？

加入方正特別行動小組之後，今天是第一次，楓沒有穿上那件防彈衣。

而今天，也是楓第一次中彈的日子。

躺在地上的楓，沒有回答小琳的問題，卻只是看著小琳問道：「小琳，我不懂。我做的，不都是對的事情嗎？」

小琳泣不成聲，只能用力地點點頭。

「那為什麼，我一點……也不快樂？」

「當然啊！」小琳哭著說：「像妳這樣勉強自己，誰會快樂啊？」

一切都是逞強，這點小琳當然非常清楚楓。

「為什麼——為什麼妳要這麼逞強？」小琳哭著問楓。

「因為，」楓吞了口口水勉強地說：「我想當個……有用的人。」

這句話，彷彿一把刀在小琳的心口上狠狠地挖著。

小琳非常了解楓從小到大，就因為她的長相，使得她到處帶給人困擾。

所以楓才會這樣包得密不透風，就是因為她不想造成任何人的困擾。

也因此，成為一個有用的人，一直都是楓夢寐以求的事情啊。

「妳很有用了！不需要這樣啊！」小琳用力地抱著楓說：「我真的不懂，妳為什麼那麼固執，為什麼要這樣努力？」

「因為，」楓慘然一笑地說：「我失去了妳啊。不這樣努力，不等於白白失去妳了嗎？」

剎那間，小琳懂了。

就是因為失去了兩人之間的友情，所以楓如果不拚命去證明這樣的割捨是值得的，就會讓這一切毫無意義。

就好像在那名嫌犯死後，兩人也因此踏上了不能改變自己的那條路。

彷彿如果改變了，就等於對不起那名嫌犯一樣。

小琳在內心不斷責備著自己，為什麼其他事都可以了解楓，卻在這最基本的地方，不能體諒楓呢？

這時就連小造等人也圍在小琳的身邊，少傑已經叫了救護車。

楓看著小造，淡淡地笑著說：「不要……辜負，我的好友喔。」

聽到楓這麼說，小造也流下淚來，用力點了點頭。

對小琳，楓始終什麼也沒說，但是小琳都知道。

從她緊握住自己的手，小琳非常清楚，對楓來說，自己是最重要的一個好友。

因為，這一路上楓所擁有的，只有孤寂而已。

即便在這個全部成員都跟楓一樣擁有陰陽眼的團體之中，楓也是孤寂的。

楓緩緩地閉上了眼睛，全身一軟。

小琳張大了嘴，想哭卻哭不出聲，而淚水卻像洪水般，氾濫在小琳的臉上。

現場一片哀戚，只剩下遠處正朝這裡趕來的大批警隊傳來的警笛聲，迴盪在所有人的耳邊。

5

楓被緊急送往醫院，而小琳也跟著過去了。

想不到，忙了一整晚，楓還是難逃劫數，這點讓方正非常難過。

可是，國不可一日無君，行動小組在失去了楓之後，又回到了最原始由方正親自率領所有隊員的狀況。

小琳、小造與佳萱陪伴著楓一起去醫院了，指揮的任務又重新回到了方正身上。

為了釐清案情，在少傑、茹茵與小晴的帶領下，眾人一起來到了那個囚禁小造的地方。

這個地方，對方正來說，一點也不陌生。

一聽到小造竟然會被囚禁在任凡的故居，讓方正驚訝萬分。

「怎麼會在這裡？」方正瞪大雙眼，難以置信。

「可能是因為，」茹茵推了推眼鏡說：「這裡是全台北市最陰的地方。」

聽到茹茵這麼說，方正啞口無言。

的確，記得任凡曾經說過，他自己的八字本來就屬極陰，所以會選擇這種極陰的場所，作為自己的住所似乎非常理所當然，想不到竟然有歹徒看準了這點，挑選這裡作為犯罪的場所。

方正跟著茹茵等人，走入了這熟悉的場所。

那些長年佔據在這裡的鬼魂們，早已經不知去向。

牆壁上到處可見槍戰過後的彈孔，滿目瘡痍，而唯一不幸中的大幸，就只有剛剛經過的時候，方正看見了收伏著許多黑靈罈子的秘密地道，似乎安然無事。

「從他擺出來的陣地，加上小造描述的情況，他們似乎打算在這裡，」茹茵指著中庭說：「殺害你的兩名屬下，然後讓她們化成厲鬼，反過來殺害你。」

看著這個熟悉的地方，變成了慘不忍睹的戰場，一種難以言喻的心痛，絞動著方正的心。

記得一年多前為了保護這個地方，方正就是在這個中庭第一次與黑靈對決。

那時方正幾乎是賭上了自己的生命，與那個惡靈一度雙雙倒地，最後還是借婆及時出手，才化解掉那場危機。

如果說一塊地跟人一樣也有運氣，那麼這塊地，跟方正手下的阿山可以比比看誰的厄運比較強，才會這樣一而再、再而三遇到這種事情。

方正仰頭看著其中一棟大樓的最高樓層，那裡，曾是任凡的辦公室兼住所。

從外觀看起來，那些歹徒似乎並沒有發現任凡的住家，所以裡面應該沒事。

「想不到，我連這點都做不到。」方正哭喪著臉說：「真的太無能了，連這個地方也沒辦法保護。」

想不到方正竟然會對一塊荒廢用地有這樣的感慨，一旁的小晴好奇地問：「這裡對你來說，有什麼特別的意義嗎？」

「妳還記不記得，那時候我有跟妳說過，我有一個同樣前往歐洲的朋友？」

「嗯。」

「他就是住在這裡。」

「啊？」

聽到方正這麼說，眾人都是一臉訝異，想不到這裡竟然可以住人，怎麼看都是一片荒地。

「你們不要看下面這裡一片荒廢的模樣，」方正苦笑指著樓上說：「其實樓上別有洞天，我說的那個朋友就是住在那裡面。」

聽方正這麼說，大夥怎麼都還是很難相信，開始散開來打量著這個建築荒地。

茹茵朝角落走去，對她來說，最有興趣的還是那些放在角落、已經被她打破的風水陣，也順便看看有沒有什麼遺漏的地方。

「我沒有看到可以通往那一層樓的樓梯耶，你朋友……」小晴有點不好意思地搔了搔頭說：「對了，你上次有跟我說過他的名字，不好意思，我記憶力不太好，所以有點忘記了……」

「喔，」方正笑著說：「他叫做任凡，謝任凡。」

這時，正準備去荒地角落察看的茹茵突然身子一震。

雖然有一段距離，但是她卻清楚地聽到了方正所說的那個名字。

「對，沒有樓梯，你朋友任凡要……怎麼……回家……怎麼啦？茹茵？」小晴一邊問，一邊看到了臉色異常的茹茵朝這邊走過來。

「你剛剛說他叫什麼？」茹茵的聲音有點顫抖，沒有理會小晴，直接轉向方正問道。

「嗯？任凡？我剛剛說我去歐洲的朋友，叫做謝任凡。」方正不解地看著茹茵。

茹茵再次聽到方正所說的，雙唇微顫，瞪大著雙眼。

「怎麼啦，茹茵？」小晴擔心地問，就連原本走到建築物後面的少傑，也靠過來看發生什麼事情了。

只是不管小晴怎麼問，茹茵仍是一臉慘白，半天說不出話來。

6

想不到，最後竟然是楓將那本書毀了。

即使是借婆，也無法算到這一步。

或許是吉人自有天相，也或許是，冥冥之中有超過自己的力量，讓這一切化險為夷。

而借婆一度還打算殺了楓，這讓借婆第一次感覺到，輪迴這個與她伴隨一生的夥伴，還有許多自己無法參透的地方。

殺害楓對借婆來說並不難，然而，如果那時借婆真的殺了楓，或許這本書，永遠也收不回來了。

這是借婆第一次感覺到輪迴的威力，也是第一次嘗到凡人那種受到命運擺布、無奈與卑微的滋味。

因為到頭來，在自己的輪迴之中，即使是借婆，也不知道未來會發生什麼事情。

就好像一場舞台劇，即便有了劇本，到了臨場演出的時候，就連導演也不知道會發生什麼樣的狀況一樣。

打從一開始，這本書就不應該存在於人世間。

在借婆知道這本書誕生在人世間之後，一直想盡辦法，希望可以收回銷毀這本書，然而借婆卻不能直接對這本書下手，畢竟，會讓這本書誕生在人世間，就是八卦杖的因素。

也因為這樣，借婆只能眼睜睜看它禍害人間。

而這本書一度失落人間，只留下十三本不完全的手抄本，正因為如此，借婆找上了任凡，這也是任凡與借婆相識的由來。

雖然任凡親手毀了十三本手抄本，但是這套正本一直失落人間，直到如今才再次出現在世人面前。

借婆閉上雙眼，當年那個瘦小的男子，又再度浮現她的眼前。

在人世間，他有著尊貴的地位，是個三皇子，生前極度著迷於道術。

他活著的時候，運用了自己尊貴的地位，網羅各地許多有道行的師父，希望可以跟這些師父學習法術，但是卻因為命格的關係，讓他即便想學也學不會。

知道了自己的命格完全不適合學習法術之後，他改變了自己的目標，開始蒐集所有風水和道術相關的書籍，希望可以把它們編輯成冊。

這個目標非常遠大，而且困難重重。

畢竟中國許多的風水與道家流派，都有著許多神秘而且不外傳的密術，想要蒐集到所有法術談何容易。

他不計一切代價，甚至用盡了許多殘忍的手段，只為了達成這個目的。

為了掩人耳目，他在皇宮外，假藉著修祖墳之名，打造了一個恐怖的地下墓穴，專門用來囚禁與殺害任何不願意配合交出秘笈的道士、法師。

這為他在黃泉界得到了「三隍子」的惡名，黃泉界的人都知道，古有秦始皇焚書坑儒，後有三隍子集經坑術。

而那個被用來逼迫殺害道士的地下墓穴，一直存在於人世間，而且有一些知道門道的師父，均稱之為「血塚」。

這是因為相傳雖然已經過了數百年，但是血塚裡面那些道士與法師被虐殺時所流出來的血，至今仍沒乾枯，仍能淹人腳目，當年的慘狀由此可見一斑。

然而，三隍子最後的願望也沒能實現，雖然順利蒐集到許多失傳已久或者不外傳的法術，但是在他正式將它們編纂成冊前，他卻因為身體不支而死在墓穴之中。

長期窩居在地底，加上屍體與血水揮發出來的穢氣，讓他的身體飽受折磨。

死後的三隍子，仍然心繫那本未完成的經典，於是找上了借婆。

他希望可以借自己的屍，還自己的魂，繼續在墓穴之中，完成他的曠世巨作。

「就算是當年的華佗，」借婆冷冷地說：「來求我讓他可以滯留人間一年，重新撰寫那本被燒毀的《青囊書》，我都沒有答應。」

三隍子沉默不語，即便尊貴如他，在借婆面前，仍然是凡人一個。

「你所網羅的風水術，威力非比尋常，比起華佗當年的《青囊書》，不能相提並論。」

借婆這麼說，三隍子反而得意地冷笑著。

「若是落入不法之徒手中，禍害無窮。」借婆板著臉說：「所以我不能答應你的請求。」

借婆如此婉拒了他，但是再一次，八卦杖違背了借婆，因應了三隍子的要求，重擊於地。

這一擊，讓三隍子成為活屍，在墓穴之中，完成了他的曠世巨作。

他為這本他蒐集許多珍貴法術與風水術的經典，取了一個很響亮的名號——《天地經》。

完成了這本書之後，三隍子重回到地獄，並且被判了無間之刑，至今仍然在地獄中服刑。

但是這本《天地經》，卻成了借婆心中永遠的痛。

想不到這宛如陳年老痰哽在喉頭數千年的痛，卻在楓玉石俱焚的計謀下，幫借婆解開了。

這是借婆始料未及的。

楓現在正在醫院中急救，然而就算是借婆，也不知道她的命運將會如何。

因為這已經突破了因果的線，創造出新的因果，而這條線，在借婆所剩無幾的期限之中，再也看不清楚了。

在西方的宗教中，有這麼一種說法，指稱人類是萬物之中，最被神所恩寵的一群。

借婆現在終於再度體會到，人類有多麼不可思議。

這也難怪，「她」會這麼恨自己了。

想到這裡，借婆臉上浮現了一抹哀戚的苦笑。

尾聲

1

才剛從日本修行回到台灣沒有多久的茹茵，又再度來到了桃園機場，準備前往歐洲。

「希望妳可以順利找到妳想要找的人。」少傑苦笑著說。

在眾人齊聚一堂的特殊事務所解散之後，少傑與茹茵兩人一起到了日本修行。

兩人都為了不辜負前一代贈送給自己的禮物，因而前往日本修行。

好不容易一起回到台灣，想不到茹茵卻因為方正的一句話，又得要再度踏上旅程。

就這樣，小造載著少傑與小晴，一起到機場送茹茵。

「到了那裡，記得先跟飛燕聯絡。」小晴說：「我相信，不管是誰，飛燕一定都可以幫妳找到的。」

茹茵苦笑。

是的，當茹茵知道飛燕的這個能力之後，的確想過要讓飛燕幫忙找到任凡的下落，但是她一直還沒有準備好。

一方面很想知道他的消息，但另一方面，又很擔心聽到他的消息。

如此矛盾的心態，長年一直在茹茵的心中糾纏。

但是，現在不一樣了，她已經準備好，接受任凡口中說出的任何答案。

茹茵看著少傑，臉上浮現了五味雜陳的笑容。

「我會回來的。」茹茵對少傑說。

少傑緩緩地點了點頭。

向眾人告別之後，轉過頭，茹茵開始了她的旅程。

而就在茹茵踏上旅程、正坐在飛機上飛往歐洲的同時。

義大利的夜空，閃爍著點點的星光。

羅馬市中心，一棟圓形的建築物矗立在星空下。

這座建築物有著全世界著名的外觀與響亮的名字，就連從小到大歷史跟地理都沒有及格過的任凡，對它的名字也一點都不陌生。

這裡是——羅馬競技場。

而今晚，它對任凡來說，意義更加非凡。

這裡很有可能是任凡漫長旅途的終點，也可能是任凡人生的終點。

為了尋找自己生母的靈魂，他踏上了歐洲的土地，重新打響黃泉委託人的招牌，只為了這個目的。

今晚在這裡，他將得到一個答案。

只是在這之前，有一個極為恐怖的男人擋在他面前。

過去有過與歷史名人決鬥無數次經驗的任凡，這一次卻感覺到異常緊張。

那個男人，現在在歐洲非常有名，與任凡來自於同一個國家，是目前歐洲國際刑警全力緝捕的對象。

他有著一對紅色的雙眼，在歐洲各地策畫了多起恐怖爆炸案。

他的名字叫做江飛燕，也是任凡今晚的目標。

成為古蹟的羅馬競技場，早就已經沒有那些會讓人血脈賁張的競技表演了。

但是今天卻成為這兩個來自台灣的男子，最後必須決一死戰的地方。

任凡避開了重重的警衛，進入了競技場。

在場中央靜靜等待的，是那個曾經有過一面之緣的男子。

兩人上次在西班牙馬德里的那起爆炸案中，曾經隔空對望過一眼。

不過就這麼一眼，卻在兩人心中留下極為強烈的印象。

只是當時兩人都沒有想到，最後竟然會再度在這個異鄉重逢。

一場撼動陰陽兩界的大戰，就這樣在羅馬競技場上火熱登場。

只是諷刺的是，這兩人都認識的茹茵，此刻正在趕往歐洲的途中。

但是就在任凡與飛燕交手的過程中，茹茵卻成為了飛燕下定決心要殺死任凡的主因。

這是在飛機上的茹茵，作夢也想不到的事情。

2

「這個妳覺得如何？」

店員客氣地將戒指交到爐婆手上。

戒指上面的鑽石，將燈光折射成耀眼的光芒，讓爐婆瞇著眼睛，死命盯著。

「客人妳覺得這枚戒指如何呢？」店員又問了爐婆一次。

爐婆的眼睛閃爍著淚光，一臉滿足又幸福地點著頭說：「很滿意，非常滿意。」

店員見狀，用詭異的眼神望向爐婆身旁那個高大的男子。

那個高大的男子不是別人，正是爐婆的乾兒子方正。

眼看著店員們好像誤會了，方正趕忙解釋：「這是我乾媽，她是來幫我挑戒指的。」

聽到方正這麼說，店員們才釋懷地堆回笑臉點著頭。

跟署長報告完最近這一連串的事件，方正特別抽空約了爐婆，到這間珠寶店挑選一只合適的戒指。

「我都不知道你們的關係已經到了這種地步了。」爐婆兩手各拿著一只鑽戒，左右比較著說：「我還以為你們還在玩那種曖昧的關係，誰知道你們現在年輕人，腦子裡面都在想什麼。」

方正聽到爐婆這樣說，只能搔頭傻笑。

方正與佳萱從去年佳萱的生日之後，就一直保持著交往的關係，不過對兩人來說，本來就因為工作而整天都在一起，自然在踏入感情生活後，與過去生活變化並不大。

加上兩人又屬於比較不容易放閃光的一對，所以不要說爐婆，就連方正與佳萱的手下，也不知道兩人已經正式交往將近一年了。

下個月，就是佳萱三十歲的生日了。

方正在半年前就已經下定決心，要在佳萱三十歲生日那天，跟她求婚。

就在趕來珠寶店之前，方正打過電話給佳萱，知道了楓目前的情況，同時，他也向署長報告了自己即將離職的決定。

這個決定讓署長有如晴天霹靂，抓著方正的手苦口婆心不斷慰留，只差沒有跪下來懇求方正留下來。

但是方正都予以婉拒了。

畢竟，就在今天，任凡留給他的那瓶靈晶滴下最後一滴之後，就再也沒有存貨了。

換句話說，只要目前殘存在方正身上的靈晶失去了效力，他就再也看不到鬼魂，自然也沒有能力繼續帶領這個以陰陽眼為主體的行動小組了。

至於要由誰來繼任大隊長一職，或者是要解散行動小組，方正仍然在考慮中，不過看到目前這樣的狀況，方正比較傾向……

「就是這個了！」

爐婆的叫聲中斷了方正的思緒，方正看向爐婆，只見爐婆指著自己手上的鑽戒說：「聽乾媽的話不會錯，這個絕對可以打動佳萱的心。」

「真的嗎？」方正挑眉問道。

「嗯！」爐婆用力地點了點頭，然後側著頭輕聲對方正說：「不過她如果不喜歡，可以轉送給我嗎？」

方正抿著嘴，狠狠地白了爐婆一眼。

3

「哈啾！」

突如其來的一陣寒意，讓佳萱打了個噴嚏。

入夜後的醫院，少了份熱鬧的氣息，多了無比的滄桑與孤寂。

冰冷的白色牆壁，讓人更覺得陰冷。

佳萱轉過頭去，看著靠在牆邊睡著的小琳。

小琳的雙眼浮腫，這幾天日以繼夜一直待在醫院，讓她的神色看起來更顯蒼白。

在楓急救的這段時間裡，小琳一直守在加護病房外，希望可以在等到醫生允許後，第一時間衝到裡面去看楓。

然而，現在兩人能做的事情，只有等待了。

等待著楓可以跟阿山一樣，度過一切的危機。

這兩天就連小琳的男友小造，也一直在醫院陪著小琳等待楓的消息。

今天晚上因為他的朋友要出國，所以才會先去送行，應該晚點也會回來吧。

想不到短短幾個月的時間，看起來好像上了軌道的方正特別行動小組，竟然會發生這樣的異變。

先是先前的呂后事件，不但讓兩隊人馬受創，連阿山與阿火都受了重傷。

而在這次的事件中，就連楓也受了重傷，到現在都還沒脫離險境。

方正為了這件事情，已經親自向署長報告了三次，所有壓力都在方正的肩膀上。

不過現在真正讓佳萱困擾的，還是那個在逃的呂后，以及隨時都會帶來災難的借婆。

不知道為什麼，說到借婆佳萱就有一肚子火，認為她是那種唯恐天下不亂的人。

佳萱想到心悶，走出醫院外。

夜晚的醫院特別寧靜，只有遠處傳來些微的車聲。

佳萱漫步在醫院側邊的草地旁，若有所思地看著黑暗中的草坪。

整條路上，只有佳萱一個人。

這時，一陣熟悉又刺耳的聲音，傳入了佳萱的耳中。

佳萱一聽到，臉色一垮，緊皺著眉頭。

那是一陣枴杖拄地的聲音。

佳萱緩緩回過頭，那熟悉的身影果然出現在身後。

見到借婆，佳萱板著臉孔，充滿敵意地瞪著借婆。

「怎麼？」佳萱弓著身子說：「妳還不放過楓嗎？現在危機已經解除了，妳還來這裡幹什麼？」

借婆沒有回答，只是凝視著佳萱。

看著借婆，佳萱有種難以言喻的怒火與厭惡感。

「我真不懂，天地之間為什麼會有妳這樣的人存在！」佳萱恨恨地說。

如果方正現在也在這邊，或許他會被佳萱如此大膽的行為嚇到，並且出面制止佳萱如此挑釁。

畢竟被她責備的，可是陰陽兩界擁有至高權力的女人，借婆啊。

但是，借婆面不改色，過了一會才淡淡地說：「我不是為了楓而來的。」「喔？」佳萱一臉不屑地說：「那又是為了誰？又是哪個倒楣鬼，要被妳無情地討債了？又是誰那麼不幸，要被妳肆意玩弄他的一生了？」

「妳，我是來找妳的。」借婆仍舊淡淡地說：「我是來告訴妳，三十年之約，只剩下一個月了。」

「什麼？」佳萱一臉狐疑。

「好好珍惜，」借婆語重心長地說：「妳最後的這一個月。」

「妳在說什麼？我有欠妳什麼嗎？」

雖然佳萱的臉上帶著一抹冷笑，但是內心卻感到一陣寒意。

借婆沒有回答佳萱，八卦杖朝地上一敲，借婆就憑空消失在佳萱眼前，只留下無數的疑問在佳萱的心中載浮載沉。

番外．像楓一樣的女子

1

——方正特別行動小組。

在他們活躍的時期，堪稱警界的驕傲，也是各地警隊的救星。

然而他們並不是無往不利，不管什麼案件都可以手到擒來，輕鬆破案，而且他們也不是永遠都扮演著救世主的角色。

事實上就存在著一個特別的案例，方正特別行動小組是被其他分局拯救，甚至如果當時沒有這個分局的幫助，後果可能不堪設想。

這個案件就發生在方正特別行動成立一段時間之後，當時的方正將組裡面幾名比較出色的警員，拔擢為小隊長，並且將行動小組分成了四大小隊的時期。

這起案件打從一開始，就有許多不尋常的情況。

首先就是有別於其他案件，方正特別行動小組都是以救援的姿態降臨，這起案件是少數，直接就安排給行動小組來偵辦。

原因是死者周妍瑛的家族，是台灣舉足輕重的政治世家，老公也是知名企業的董座，因此案件本身特別敏感。

再來就是命案發生的經過，充滿許多離奇的情況，還有些家族醜聞，因此警界相當緊張，幾乎是在確認死者的身分，以及基本的狀況之後，上層就立刻下令將案件轉到方正特別行動小組手中。

至於案件的經過，除了有些不尋常外，也牽扯到了一些醜聞，報案者是死者的老公，據死者的老公供稱，死者前一晚一切都很正常，兩夫妻平常就很早睡，自己也因為長期工作壓力的關係，需要依靠藥物入睡，所以一直以來就養成早睡早起的習慣，幾乎是每晚九點就上床睡覺了。

案發當晚一切正常，他在九點的時候上床睡覺，誰知道一覺到早上五點起床，老婆就不在身邊。覺得情況有點不太對勁，打了老婆的手機，發現手機也不在家中，而且沒人接聽。感覺不對勁，聯絡了親友之後，由老婆的家人直接聯絡當地的分局，前往協助。

結果很快就在死者家裡附近的公園，發現了死者，死者陳屍在公園中，身中數刀不治身亡。後來調閱監視器，發現死者是自行離開社區，前往並進入公園。對於老婆的舉動，老公完全不理解，也不知道原因。

然而警方這邊透過通聯紀錄，雖然很快就釐清了這點，但是也多了很多問題，同時醜聞也跟著浮現了。

警方發現命案發生的當晚十點左右，死者與一名男子密集的通話，大約在接近十一點的時候，離開了社區前往公園，似乎打算與男子見面。

當然，先不管綠光罩頂的老公，既然死者與男子相約，男子當然也成為了最大的嫌疑人。男子也跟警方承認，男子與死者之間，就是情人的關係。兩人背著女子的老公，已經維持這樣不倫的關係長達數年。

也就是在這樣的情況與背景下，案件轉到了方正特別行動小組的手上，方正為了偵辦這起案件，特別召回四名隊長，讓他們聯手偵辦這起案件，務求在風聲走漏之前，將案件偵破。

除此之外，死者周妍瑛的長相十分亮眼，加上後來發生了許多情況，不免讓人聯想到方正小隊中的小隊長「楓」，因此後來方正特別行動小組，都稱這起案件為「像楓一樣的女子」。

2

當然，不管是對警方還是方正特別行動小組來說，死者周妍瑛的情人，是本案最大的關係人，也是最有嫌疑的對象，而負責追查這條線索的人，就是小琳。

偵訊室裡面，小琳打量著眼前這個周妍瑛的情人。

當然，這並不是他第一次接受警方的偵訊了，前幾天在警方調查了通聯紀錄之後，警方就已經找上過他了。

死者的情人叫做育誠，據他自己供稱，兩人在大學時期透過社團活動認識，在那之後兩人曾經交往過一段時間，後來因故分手。雙方沒有保持聯絡，直到幾年前，兩人又再度重逢，舊情復燃的情況下發展出婚外情。

關於案情，先前他對警方供稱，兩人確實約在公園的門口見面，接下來很可能像往常一樣，前往附近的汽車旅館休息。但是那天他因故遲到了一會，結果到了公園門口沒見到死者，等了一會也撥了幾通電話都沒有回應，最後沒辦法只能離去。

案件轉到小組之後，小琳為求慎重起見，再度偵訊育誠。

首先當然是就先前口供的內容進行確認，小琳讀著先前育誠的口供，一一與他確認，過程之中，也不忘仔細觀察對方，希望可以看到一些蛛絲馬跡，讓真相可以早點水落石出。

小琳很快就發現育誠的手腕，有些新的割痕，看起來感覺很淺，從傷口的情況看起來，應該是新傷，加上偵訊的過程中，育誠的臉色極為蒼白，讓小琳不免懷疑，他是因為戀人的死而大受打擊，還是因為殺了人之後經不起內心的煎熬。

當然不管是哪一個，小琳都希望可以打開對方的心防，而就在這個時候，原本一直低頭，對小琳的話不置可否的育誠，突然抬起頭來，打斷了小琳的話。

「那個……」育誠像是下定決心一樣，凝視著小琳說：「是，人是我殺的。」

「啊？」對於育誠突如其來的自首，讓小琳有點措手不及。

「我親手……」育誠哽咽地說：「把我的摯愛給……」

原本還以為，就算對方真的是兇手，恐怕還得想辦法讓他卸下心防，誰知道還沒想到該怎麼做，對方已經先開口了，這反而讓琳感覺有點哭笑不得了。

「為什麼，」琳皺著眉頭問：「要殺她呢？」

結果育誠哭哭啼啼，一把鼻涕一把眼淚地供稱，因為死者跟他提分手，所以他才會痛下殺手。

看著對方的模樣，讓小琳研判手腕上的傷口，就是畏罪自殺，卻因為怕痛才沒有割得太深。

從這角度看起來，案件確實應該就是他所供稱的這樣吧？

當然，接下來還會有許多事情需要調查，證據也需要蒐集，畢竟這年頭天天都有人在翻供，所以這些該做的還是不能少做。

但是現在有了兇手的自白，做起來應該也會輕鬆不少。

想不到情況比自己想的還要輕鬆，竟然就這樣破案了，接下來只要釐清剩下的疑點，應該就可以了，讓小琳確實鬆了一口氣。

偵訊告一段落，小琳望向偵訊室裝有單向透視玻璃的鏡子，心想著鏡子後方的方正，應該也會感覺到鬆了一口氣吧？。

然而情況卻完全不是這樣，一鏡相隔的方正，確實聽到了育誠的自白，但是卻完全沒辦法鬆一口氣，因為案件並沒有因此有所改變，仍然還沒有辦法釐清兇嫌。

因為在偵訊育誠的同時，另外一邊的偵訊室中，楓也在偵訊死者的丈夫，正因為那邊出現了意想不到的狀況，讓情況變得更加複雜。

3

周妍瑛的老公姓雷，所以常被人稱為雷董或是雷公。

雷先生在年輕時，創立了自己的公司，很早就嶄露頭角，後來發展順遂，黨政與業界的關係十分良好，家世背景也一樣很不錯。

或許就是要有這樣的身分與背景，才能夠迎娶同樣背景雄厚，追求者眾的周妍瑛，成為她的老公。

楓坐在雷先生的對面，經過了這幾天的煎熬，再加上戴綠帽的打擊，讓平時意氣風發的雷董，此刻看起來就好像六神無主的可憐蟲，昔日的魄力現在完全不復見。

楓戴著口罩，聲音充滿了溫柔。

「雷先生，」楓輕輕地說：「我知道你很痛苦，不過為了釐清案情，我還是希望你可以盡可能的，把你知道關於他們兩人之間的事情，告訴我們。」

雷先生沒有半點反應，只是低著頭，看著桌子。

看著雷先生失魂落魄的模樣，讓楓不禁懷疑，到底真正打擊到他的，是老婆的死，還是老婆紅杏出牆這件事情。

然而即便楓可以體會對方的痛苦，但是不管自己問了什麼問題，對方卻完全不回答，讓偵訊實在沒有辦法進行下去。

因此楓好聲好氣地勸說：「雷先生，我知道你現在一定很難過，不過如果你能提供我們更多的線索，我們才能更快找到殺害你老婆的兇手。」

在楓說出「老婆的兇手」時，原本一直低著頭的雷先生，突然抬起頭來看著楓。

看到雷先生的反應，讓楓不免心想，果然還是老婆的離世對他來說比較痛苦吧？因此才會聽到了老婆，反應會這麼大。

眼看對方有了反應，似乎準備配合自己了，誰知道情況跟楓想的完全不一樣。

「好吧，」雷先生突然咬牙切齒地說：「我承認，人是我殺的。」

「啊？」楓一臉訝異。

不過雷先生完全沒有理會楓的反應，突然抬起頭來對著空無一物的天花板說：「真的要這樣是嗎？」

看到雷先生這樣的舉動，讓楓剎那間還以為被害者的鬼魂真的現身了，一起望向了天花板，不過那裡什麼都沒有。

「對！」雷先生再度將目光轉到了楓身上：「人是我殺的！」

「請你冷靜點。」楓試圖要安撫雷先生。

「冷靜？」雷先生卻越來越激動：「她背著我偷人，不該殺嗎？她有想過我的感受嗎？」

「這……」

「對！」雷先生咆哮：「人就是我殺的，如果有機會，我願意再殺她一次！」

面對雷先生這宛如暴怒般的自白，楓也只能盡可能安撫對方的情緒。

不過同時看著兩邊偵訊的方正跟佳萱，可就沒有半點這樣的心情了。

因為在同一時間，兩個相關人士都承認殺人了。

這就是讓方正完全笑不出來的原因啊。

「我覺得……老公的情緒，」佳萱咬著嘴唇說：「不太對勁，我覺得情夫的可能性比較大。」

雖然方正也有這樣的感覺，不過面對兩個都承認自己殺人的嫌犯，還真的是讓他滿頭大的，相比之下，他倒還比較希望兩人都否認，情況或許還好辦一點。

而就在這個時候，方正的手機響了，方正將電話接起來，電話那邊是阿山。

只見方正聽了一會之後，原本緊皺的眉頭，頓時都解開了。

掛上電話，方正立刻分享電話那頭傳來的好消息。

「阿山那邊好像找到了目擊者。」方正說。

4

方正特別行動小組比起其他小隊的優勢，就在於他們的目擊者，不一定只有活生生的人，還可以是那些在附近徘徊的鬼魂。

阿山與他的小隊，就是負責在命案現場附近，找尋看看有沒有鬼魂可以提供相關的情報。

結果很快就找到了這個自稱為小葉的鬼魂，聲稱自己目擊了這場命案的經過。

阿山與他的小隊如獲至寶，立刻向方正報告，並且將這位小葉請到了分局，隊長阿山也立刻展開了訊問。

「太好了，葉先生，」阿山臉上掛著藏不住的笑意，笑容滿面地問小葉：「現在就請您告訴我們，動手的人，到底是她的老公，還是她的情人呢？」

結果小葉不但沒有給阿山答案，甚至自顧自地說了起來。

「我一直忘不了她，」小葉一臉落寞地說：「這就是我沒有投胎的原因。」

「啊？」

「打從我第一眼看到她，」小葉繼續說：「大概是我高中的時候吧？從那之後，我的心中就再也沒有辦法裝下另外一個人。」

阿山也看過被害者的照片，周妍瑛確實長得很好看，比起一些以外貌著稱的明星、藝人來說，絲毫不遜色，但是到這種地步也有點太誇張了。

「所以我一直跟著她，」小葉說：「幾乎可以說是一路看著她長大，後來我甚至因為看她看到出了神，被車撞死了。」

阿山聽了嘴巴微張，整個都傻了，心裡想著眼前這傢伙是白痴嗎？

不過完全無視阿山的反應，小葉突然回過神來看著阿山。

「聽說，」小葉凝視著阿山說：「你們的老大，是旬婆在人世間的乾孫，我願意承認，其實……人是我殺的！」

「啊？」這下阿山的嘴可不是微張了，而是張大到連一顆饅頭都可以塞得進去了。

當然除了阿山之外，透過監視器畫面看著偵訊的方正與佳萱，也是驚訝到說不出話來。

「這……這不是真的成了羅生門嗎？」佳萱無奈搖著頭說。

「開什麼玩笑！」方正一臉不悅地握著拳頭。

雖然真相如何，現在眾人還不得而知，但是一個人不可能被三個人所殺，所以這裡面很顯然至少有兩個人在耍警方。

這讓方正除了頭痛之外，還非常不悅，但是面對三個都認罪是殺人犯的此刻，方正一時之間還真的想不到什麼好的對策。

而就在方正苦惱之際，一名隊員走進來，終於帶來了一線曙光。

「報告，」隊員說：「阿火隊長跟他的小隊回來了。」

「喔？」方正問：「找到人了嗎？」

「是的，」隊員說：「被害人的魂魄現身了。」

「謝天謝地。」方正不自覺地說。

因為這代表著眼前這難搞的情況，即將畫上句號。

5

周妍瑛的現身，真的宛如一道曙光般，讓案件有水落石出的可能。

案發之後，阿火就一直帶著小隊的人，在案發現場附近，找尋著被害者的下落。雖然說亡者的魂魄，一般七天都會返家，但是實際上都會在死亡的地點先成形，至於實際上形成靈體的時間，則會因人而異。

眾人的研判，被害女子周妍瑛應該還沒有成形，所以才會特別派阿火的小隊，緊盯命案現場周遭，看看能不能在女子靈體現身的第一時間，就將她帶回警局。

結果還不到一個晚上，就看到周妍瑛的魂魄緩緩浮現在命案現場，於是阿火等人立刻將周妍瑛帶回分局，並且展開偵訊。

「妳應該可以感覺得到，」阿火對周妍瑛說：「妳的老公跟情人，目前都在警局接受偵訊，他們都被列為可疑的對象，但是他們不可能都是殺害妳的兇手，所以我想妳是唯一一個可以解答這個疑惑的人。」

周妍瑛低著頭不發一語。

「希望妳可以告訴我，」阿火問：「是誰殺了妳的？」

這個問題提出之後，不只有阿火緊張，就連隔著一片玻璃看著這場偵訊的人，都等待著周妍瑛可以揭曉最後的答案。

周妍瑛沉默了一會，正當阿火準備再提出相同疑問的時候，才悠悠地開口說道：「都不是他們下手的……我是自殺的。」

光是周妍瑛所說出的第一句話，就已經讓阿火以及隔著一片牆壁的眾人，全都傻了。

「妳、妳確定？」阿火面無表情地問。

周妍瑛供稱自己是在老公睡著之後，獨自一人離開了住所，前往公園自盡。

「因為我活著的每一天都痛苦萬分，」周妍瑛哀怨地說：「不管是我的親人、老公還是情人，都沒有辦法體會我的痛苦。」

先不論周妍瑛所說的話是真是假，光是這份自殺聲明，就已經足夠讓整個方正特別行動小組亂了套。

其實不只有這些方正特別行動小組的人，就連阿火體內，此刻也是一陣騷動，對他們來說，這絕對也是茶餘飯後很不錯的八卦。

對此方正立刻召集四個隊長，一名死者，四名兇手，雖然說台灣對於殺人犯的善待，已經是舉國皆知，殺人償命已成傳說，但應該還不至於到大家可以完全無視，還搶著要當兇手的地步才對。

對阿火體內的眾靈體來說，這是十分有趣的喜劇，但對方正以及其他特別行動小組的成員來說，這實在是一場難看至極的鬧劇。

「這是在開什麼玩笑！」

方正真的火大了。

他根本沒遇過這種情況，自從打開陰陽眼之後，方正從來不曾遇過這麼棘手的狀況。鬼魂也不見得老實，這件事情方正早就已經有了很深刻的體認，但是像這樣每個搶著認罪，還真的是前所未聞。

畢竟跟其他警員辦案不同，方正特別行動小組一直都有著其他人沒有的優勢，在辦案時確實會遇到一些無法釐清的事情，不過到頭來因為可以切入的角度很多，所以事情都會越來越清晰，從來不曾像這樣，訊問的人越多，情況反而越混亂。

因此方正知道如果想要突破，就不能讓這些人繼續這樣胡搞下去。所以當機立斷，非常時期確實需要一點非常手段。只是這些手段中間，並沒有一個緩衝的區域，往往都是用與不用的差別。

這時距離方正特別行動小組成立，已經有一段時間了，四大小隊也已經成形。但是四個隊長，對於自己所擁有的力量與優勢，其實掌握得還沒有那麼好，因此在一般情況之下，需要方正的批准，才能使用這些不一樣的手段。

就是擔心他們時機沒有掌握好，畢竟這些手段有些真的後果連方正自己都沒有辦法掌握。

不過現在看起來，確實是時候了。

「全部重新偵訊，」方正下令：「不過對象交換一下。楓妳負責那個情夫，小琳妳對付那個目擊者，阿山你去對付她老公，而阿火則同樣去對付死者。」

分配好新的負責對象之後，方正停頓了一下。

「然後，」方正沉下臉說：「全部都解禁，你們都可以用你們最好的方法來訊問。楓可以脫口罩，小琳你可以照妳的意思去窮追猛打，阿山你可以拿下開運物，帶那位老公去逛一逛，阿火你可以讓其他人出面來跟她好好聊聊。」

聽到這裡，所有人的表情都跟著嚴肅起來，因為這幾乎就等於火力全開。

「要、要不要再給他們一點時間。」感覺到事態嚴重的佳萱，在一旁勸道。

「給他們再多時間也是一樣，」方正不悅地說：「這群人根本是在胡鬧，每個人都搶著當兇手，真的比羅生門還可笑。如果不用一點強硬的手段，他們根本不知道事情的嚴重性。真是場難看的鬧劇。」

當然，對於方正所說的，其他人都很了解，不過真正讓眾人害怕的是，火力全開之後，有可能不是只有找到兇手，光是阿山就不知道會帶來什麼樣的災難，阿火也不見得可以收放自如，如果那個小王看到楓的真面目，說不定什麼情人都忘了，反而可能會一直纏著楓不放，小琳的執著一啟動，說不定連那個目擊者生前所有犯下的案件都會一併調查，沒完沒了。

因此眾人當然還有點疑慮，所以四人紛紛望向佳萱，看看能不能有所轉圜。

不過佳萱很清楚方正承受的壓力，也親眼看到了這些人把殺人案當兒戲的態度，一時之間也不知道到底該怎麼辦才好，局面確實有點僵住了。

就在方正準備下令，讓大家照著他的指示實行，突然會議室的門被人打了開來。

「報告！」一名小組的成員，面有難色地走進來對眾人說：「那個……」

「怎麼了？」方正問。

「抓到兇手了。」

此話一出，讓所有在場的人，全部張大了嘴，異口同聲地發出「啊？」。

「是的，」那個成員補充：「信義分局，抓到殺害周妍瑛的兇手了。」

6

偵訊室裡面，小琳冷冷地看著育誠。

「為什麼要說謊？」

知道已經抓到真兇的育誠，知道自己沒辦法繼續掰下去了，只能低著頭說：「因為……她死了，我也不想活了。但是……我不敢自殺。」

說完之後，育誠低頭痛哭，小琳則是白著眼無言以對。

同一時間，另外一個偵訊室裡面，楓也是冷眼看著被害者的老公。

面對相同的問題，這位老公很顯然有著更多的不滿與苦水。

「不然我還能怎樣？」老公聲嘶力竭地叫著：「打從嫁給我開始，她就不曾真正當我的老婆。她不滿意這段婚姻，我就滿意嗎？從結婚那一天起，我就一直盡我最大的力量，去扮演她的好老公，她有做過一天好老婆嗎？沒有！」

楓只是靜靜地聽著。

「她去跟人亂搞，」老公似乎完全沒有發現，自己早就已經崩潰，幾乎到了泣不成聲的地步：「不就是要折磨我嗎？她不是希望我死嗎？我承認不就順她的意思了？她不就是要這樣嗎？」

「你這樣隨便亂認罪，」楓淡淡地說：「不是等於幫了那個兇手嗎？」

「哼，」老公搖著頭說：「我根本不在乎誰殺了她，如果可以，我自己都想殺她了，我不知道她為什麼要這樣對我。」

「那你為什麼沒動手？」連楓自己都不知道，為什麼自己會這樣問。

這尖銳的問題也確實讓老公有點愣住了，不過愣了一會後，老公低著頭十分懊惱地說：「因為雖然打從一開始，就知道這是政治婚姻，她只是奉她爸的指示嫁給我，但是我……卻還是忍不住愛上了她啊！」

說完之後，也不知道是心疼自己，還是不忍心所愛的人被人殺害，老公竟然放聲痛哭起來。只是面對這情緒激動的老公，楓並沒有半點同情的感覺。

因為其實到頭來，這男人真正輸的，是自己的心，但是他卻只埋怨他的老婆，就好像被人深愛是一種過錯一樣。

這點全世界感受最深的人，恐怕就是楓了。

她非常清楚，在這個世界上，有太多的人，把不回應別人強烈情感的行為，當作是一種過錯，甚至是一種罪。

身為這種情緒的長年受害者，楓只是靜靜地看著對方痛哭，內心卻是靜如止水，沒有半點波動。

有別於這兩者情緒有著強烈對比的情況，另外兩位的狀況就熱鬧許多。

「你是白痴嗎？」阿山這邊則是拍著桌子，對那位自稱是目擊者的鬼魂大發雷霆：「為什麼要做這種事情？」

「你才是白痴吧？」那目擊者鬼魂一臉無所謂的模樣：「我是鬼耶，就算我真的殺了她好了啦，你們要把我帶去法庭嗎？」

聽到對方這樣回答，阿山只是恨得牙癢癢的，心想如果對方還活著，此刻他恐怕已經一腳踹過去了。

「好，」阿山無力地說：「那可以請問一下，你這樣做有什麼好處嗎？為什麼要這麼做？是跟我們警方有仇嗎？」

「你別太瞧得起自己，」那鬼魂說：「我對你們沒興趣，我有興趣的，一直都是她。」

話才剛說完，那鬼魂瞬間像是個洩了氣的氣球，雙肩一塌，變成垂頭喪氣的模樣。

「你有試過……看一個人數萬眼，但是對方卻從來不曾正眼看過你一眼嗎？」

「啊？」阿山挑眉。

「我一直在想，」鬼魂悠悠地說：「如果我說是我殺的，我們會不會一起被帶到閻王前？或許……那時候，她會正眼看我一眼。打從我第一次見到她，我就一直跟著她，我知道她所有的一切，從生前跟到了死後，但是她卻連我這個人的存在，都完全不知道。」

聽到鬼魂這麼說，阿山抿著嘴，緩緩地點了點頭。

「嗯，我錯了，你不是白痴……你是白花痴！」

想不到到頭來，只是為了吸引對方的注意，真的讓阿山想要找個法師，把眼前這傢伙打到永世不得超生。

不過面對這無賴般的鬼魂，阿山也只能嘆氣了。

至於最後一問，這起荒唐事件中心的周妍瑛，面對阿火的訊問，知道已經抓到真兇的周妍瑛，也不再有所保留。

「我不怪那個殺我的人，」周妍瑛悠悠地說：「因為就在刀子捅進我身體裡面時，我似乎……對那個兇手說了，謝謝。」

「謝謝？」阿火挑眉。

「嗯，」周妍瑛說：「謝謝他結束我這悲慘的一生。」

周妍瑛此話一出，阿火感覺到體內一陣騷動。

「我想過了，」周妍瑛將頭撇向一邊說：「與其被人殺害，爸爸還能被人同情，不如說自殺來得好。如果可以的話，我希望世人都可以了解到，那個位高權重的他，是如何讓自己的親生女兒，生不如死的。讓他的女兒，過著悲慘的一生，什麼自由都沒有，只能任憑男人們擺布。」

接二連三聽到那個詞，讓阿火體內躁動的情緒，都快要衝出來了，只能低著頭勉強回應：「怎麼任人擺布？」

「太多了，」周妍瑛將阿火的動作視為一種同情，因此毫無忌憚地說下去：「你可能會想，像我這樣的外貌，不應該有這樣的人生，但是我只能說，外貌對我來說，一直都只是一個詛咒。只會招來一些不應該招來的人，那完全只有痛苦。不過我也知道，你們不可能了解的，不可能知道我的人生有多麼悲慘……」

打從偵訊之初，阿火就一直十分平穩，沒有太大的情緒變化。

不管周妍瑛是聲稱自己自殺，還是自己想要利用自己的死，來讓父親感覺到內疚，阿火都沒有半點反應，不，甚至不時點著頭，就好像認同周妍瑛一樣。

但是自從周妍瑛口中開始吐出悲慘兩個字，每說一次就讓阿火顫了一下，體內彷彿有股強烈的情緒，正在突破層層的關卡，準備浮出水面。

結果在周妍瑛再三述說著自己有多悲慘，那情緒終於爆發開來，瞬間體內所有世界都亂了。

被那些爆發情緒佔領的阿火突然態度丕變，大聲地說：「哈？悲慘？哇！我長得好美喔！哇！好多我不愛的人愛我喔！真是好可憐啊！」

阿火的丕變讓周妍瑛嚇了一跳，瞪大雙眼看著阿火。

「妳不要笑死人了！」阿火怒斥。

就在阿火這麼怒斥的同時，周妍瑛彷彿看到，阿火的體內，有無數雙眼睛，瞪視著自己的景象。

「悲慘？」阿火的臉部表情十分扭曲：「妳還差得遠咧，妳只是任性！哼！」

面對阿火這樣如此劇烈的轉變，讓周妍瑛整個都傻眼了。

「給我乖乖待著，」阿火完全無視已經傻眼的周妍瑛，以命令的口吻說：「等等我們會請鬼差直接帶妳下去。」

阿火冷冷地站起身來，逕自朝門口走去，出門前還多說了一次：「悲慘……我呸！」

呸完之後，頭也不回地離開了偵訊室，留下那周妍瑛愣在原地。

至於那位彷彿半路殺出來的程咬金，也就是實際上動手的兇手，分局方面則是派了一名警員，向方正報告偵訊的結果。

「他有說殺人的動機嗎？」方正問：「果然是政治因素？」

這是高層最擔心的原因，畢竟被害者出身政治世家，會有這樣的顧慮，也是理所當然的事情。

「唉，」前來報告的警員苦笑搖搖頭：「跟政治完全扯不上邊啊，殺人的那個只是一名小混混，因為被女友甩了，心情不好，拿著自己隨身攜帶的折疊刀，在公園裡面到處想要找碴，結果……」

「啊？」方正與佳萱不約而同地張大了嘴。

「他對我們說，」警員接著說：「他第一眼就對被害者產生極度的厭惡，因為他知道那是他這輩子也高攀不上的女人，就是因為這種女人，才會讓他的人生充滿痛苦，所以……他想要看著她死。」

聽到這原因，方正忍不住拍桌站了起來。

「這——」方正啞口無言。

那位警員聳了聳肩，無奈地搖搖頭，因為這就是對方所供稱的內容。

這犯案動機讓方正完全無法接受，但是不管方正能不能接受，這案件也在這裡告一段落。

7

由於是借用別人的分局，所以案件結束之後，方正特別行動小組需要將自己的東西收拾好，讓辦公室回復原貌。

因此將案件移交出去之後，眾人便開始收拾。

這起案件確實就如後來小組裡面所說的一樣，這個死者周妍瑛真的跟楓有許多相似的地方，因此才會稱呼她是「像楓一樣的女子」。

其他人都有這樣的感觸，楓自己當然更是清楚。

佳萱經過了門口，看了一下裡面，楓正在整理文件，準備裝箱。

但是心事重重的關係，讓她動一下、停一下，完全心不在焉。

在這起案件之中，看到死者周妍瑛跟自己一樣，一生都被外貌所困，讓楓有種說不出的難受。

彷彿看穿楓的心思，佳萱走到了楓的身後，拍拍她的背。

「妳知道，」佳萱說：「妳們不一樣。」

楓抿著嘴，緩緩地點了點頭。

這點她很清楚，同時她也很感激這世界上還有佳萱這樣的人，知道這樣的事情。

只是對於那種「美是一種詛咒」，楓百分之百可以體會，或許她們真的不一樣，但是連楓自己都相信，雙方其實差別沒有那麼大。

會產生這樣的差異，關係到生活的環境、面對的問題，還有人生的際遇。

就好像自己，如果不是遇到了方正這樣的活傳奇，自己說不定早就已經離開了警隊。簡單來說，很可能在某個平行時空中，有那麼一個自己，最後也會落得這樣的下場。

整理好之後，楓抱起了箱子，準備離開。她也知道，這麼想其實對事情沒有什麼實質的幫助。

因此關上燈，也關上繼續想下去的想法。

此刻的楓慶幸，至少在這個時空之中……她們不一樣。

後記

大家好，我是龍雲，很高興在這邊與大家見面。

在寫這篇後記的時候，疫情在台灣也差不多告一段落了。

或許是因為工作與習慣的關係，在疫情肆虐的時間，即便沒有出國或任何的接觸史，自己也幾乎都是關在家裡沒有出門，實施跟居家檢疫沒什麼兩樣的日子。很慶幸台灣在這次的疫情中，沒有付出太過慘痛的代價。

不過如果有注意到我臉書的朋友，應該也知道，在這次疫情中，我曾經非常喜歡的日本藝人志村健，也不敵這次的疫情去世了。

對我來說，志村健的意義其實還滿重大的，因為從小就不太會笑的我，因為志村健而學會怎麼去「笑」。因此得知他的逝世，對我的打擊還滿大的，也希望他一路好走。

或許在經過這場疫情後，我們更應該珍惜自己身邊的人，更應該珍惜自己所擁有的一切。

最後，同樣希望大家會喜歡這次的短篇與小說，那麼我們下次見。

龍雲

龍雲作品 31

黃泉委託人：血戰場

國家圖書館出版品預行編目資料

黃泉委託人：血戰場 ／ 龍雲 著. — 初版. —
臺北市：春天出版國際, 2020. 06
面； 公分. —（龍雲作品；31）
ISBN 978-957-741-277-5（平裝）
863.57 109007260

ISBN 978-957-741-277-5
Printed in Taiwan

作者 龍雲
封面繪圖 啻異
總編輯 莊宜勳
主編 鍾靈
責任編輯 黃郁潔
美術設計 三石設計

出版者 春天出版國際文化有限公司
地址 台北市忠孝東路四段303號4樓之1
電話 02-7733-4070
傳真 02-7733-4069
E-mail story@bookspring.com.tw
網址 http://www.bookspring.com.tw
部落格 http://blog.pixnet.net/bookspring
郵政帳號 19705538
戶名 春天出版國際文化有限公司
法律顧問 蕭顯忠律師事務所
出版日期 二〇二〇年六月初版
定價 210元

總經銷 楨德圖書事業有限公司
地址 新北市新店區中興路二段196號8樓
電話 02-8919-3186
傳真 02-8914-5524

龍雲
作品

龍雲
作品